江戸文学の冒険

大輪靖宏編

翰林書房

浅草にトム・ソーヤ、淀舟にハックルベリー・フィンを探して（序にかえて）

今から百三十年前、トム・ソーヤがアメリカの田舎町ハニバルで騒動を巻き起こしてから（『トム・ソーヤの冒険』）、あるいは、その親友のハックが黒人のジムと町を抜け出してミシシッピ川を筏《いかだ》で下ってから（『ハックルベリー・フィンの冒険』）、アメリカ文学の冒険は始まりました。後にアメリカ文学の巨匠ヘミングウェイも、ハックの物語からアメリカらしい文学が始まったと言っています（『アフリカの緑の丘』）。

しかし、日本ではその二百年も前に、七歳の世之介が腰元《こしもと》に恋を仕掛けたときから（『好色一代男《こうしょくいちだいおとこ》』）、あるいは、松尾芭蕉とその弟子・曽良《そら》が六百里に及ぶ長大な奥羽・北陸旅行に旅立ったときから（『おくのほそ道』）、はたまた、近松門左衛門が竹本義太夫《ぎだゆう》と大阪の道頓堀《どうとんぼり》に芝居小屋を立ち上げたときから、すでに文学の「冒険」は始まっていました。

＊

一般に、「江戸文学」と「冒険」は結びつきにくい印象があるかも知れません。むしろ「冒険」とは反対の、文化の細分化・爛熟《らんじゅく》・頽廃《たいはい》こそ「江戸」には相応しいと思われる人も居るでしょう。また、江戸時代はいわゆる「鎖国」政策を取ったためか、文化は、狭い国土の中に押し込められ、萎縮《いしゅく》してしまったと受けとめられているフシがあります。しかし、それは大いなる誤りです。江戸時代ほど、文化・文学の方面で、さまざまな「冒険」が行われた時代は他にありません。

たとえば西鶴・馬琴を始めとする小説家たちが、江戸時代になって登場した新しい人間たちの風俗・世界観を描き出そうとして、日々いかに格闘を続けたか。また芭蕉・蕪村を始めとする俳諧師《はいかいし》たちが、日本や中国の伝統詩歌（和歌・漢詩）を抜け出して、いかに新しい詩的世界を作り上げようと苦心していたか。また近松・南北を始めとする劇作家たちが、東アジアを俯瞰《ふかん》する壮大な世界を、舞台上に現出しようとしていたか。

＊

いや、そればかりではありません。じつは、江戸文学は日本の文学・文化史上、極めてユニークで画期的な「冒険」を行っていたのです。それは、詩・演劇・小説、あるいは文学・絵画・音楽というジャンルの枠組みを自由に乗り越える、あるいは組み替えることによって、一つのジャンルからは絶対に見えてこない、ダイナミックな精神世界を創り出そうとしたことです。こうした躍動は、聖典化した王朝文学や、ジャンルが固定化し、共作・娯楽・実用を一段低く見る傾向を持った近代文学には見られないものでした。この、作家・作品の雑多で自由な交流こそ、江戸文学の魅力と活力の源だと言ってよいでしょう。その活力を発見・検証することによって、江戸文学の新たな魅力を掘り起こそうというのが本書のコンセプトです。

よって、本書で展開される「冒険」とは、宝島への旅や洞窟の探検ではありません。江戸の文学が行った知的な、あるいは精神的な「冒険」を検証し、その「冒険」が現在の我々にとっていかに大切な「宝物」として、輝きを持ち続けているのかを明らかにすることにあります。

＊

その結果、集まった「冒険」の報告は、新しい資料や視点から、江戸文学の新たな魅力や江戸文学自身の新しさに迫ろうとした者たちばかりです。以下、本書に収められた「冒険」の出発点となる問いを列挙してみましょう。

Ⅰ日本に独自の江戸という時代、そこから生まれた文学は、近代を経過して現代にまでつながる普遍性を持つ。とすれば、その江戸文学の新しさとは何だったのか？　そこではどんな画期的な試みが行われていたのか？

Ⅱ小説における本文と挿絵の関係は、主客の関係と言ってしまってよいのか？　挿絵が本文以上に主張して、本文と刺激しあうような小説とは可能なのか？

Ⅲ芭蕉の俳句の本質的な技法である「取り合わせ」は、近現代の表現者にどういう意味をもたらしてきた（いる）のか？

Ⅳ文化が大衆化するときはいつも、文学に対して、階級上昇の欲望を精神的に満たす、「品格」や「香気」が必要とされるのではないか？

Ⅴ芸能の一つだった俳諧が、芸能そのものを詠めるようになるとはどういうことか？　様式の形成と成熟は、それぞれ何を得、何を失うのか？

Ⅵ恋愛のコミュニケーションには、精神性だけでなく、演技のような身体性が重要で、我々はそれをいつの間にか失っているのではないか？

Ⅶ俳諧が変革されようとする直前の時期の、俳諧における「保守」とはどのようなものであったのか？

Ⅷ「読む」という行為は、「音読」と「黙読」に截然《せつぜん》と区別できるものなのか？　音読の身体性は、小説に何をもたらすのか？

Ⅸ文明開化期の、建築・歌舞伎・俳諧に見られる〈混沌《こんとん》〉は、江戸の断末魔《だんまつま》ではなく、江戸の活力の証《あかし》だったのではないのか？

いずれの問いも、従来の枠組みを問い直したり、そこから自由であろうとしたりするという意味で「冒険」の名に値するはずです。加えて、収められた報告は、論文として閉じた完成度を目指すよりも、今後の可能性を模索する意味で開かれた形になっています。論文としてのリスクをあえて冒しつつ、私たちが追い求めたものとは何かを、是非感じ取っていただければと思います。

＊

なお、本書の構成は、Ｉの総論以外、ほぼ時代順となっていますが、どの章から読んでも構わないようになっています。みなさんの興味に従ってお読みください。そして本書を読み終ったとき、今度はみなさんが、江戸の文学や文化への「冒険」にチャレンジしてみてください。そして、二百年、三百年前の江戸や大阪に遊び、トムやハックのように、浅草の雑踏で大人たちを大いに困らせ、相棒と一緒に淀舟《よどぶね》に飛び乗ってみてください。そうすれば、江戸文学がアメリカ大陸以上に「冒険」心をたぎらせてくれる対象であることが、分かるに違いありません。

染谷智幸

江戸文学の冒険 *Explorations into Edo Literature* ◎もくじ

凡例

一、本書は全九本の論文から成るが、第一章を総論とし、以下に各論を展開した。
一、論文の配列は、おおむね年代順に拠った。
一、各論文の扉ウラに、イントロダクションを置いた。
一、通読の便を考慮して、固有名詞を中心に、適宜振りがなを付した。
一、諸書の引用に際しては、次の方針をとった。
1　適宜濁点を付す。
2　適宜句読点、並列点（・）、引用符（「　」、『　』）を施す。
3　旧漢字・異体字等は、適宜通行の字体に改める。
4　「ほと〻ぎす」「かつみ〳〵」などの踊り字は、「ほととぎす」「かつみかつみ」と表記する。
5　誤字や脱字についても改めることをせずに、適宜（ママ）と傍記する。
一、先行文献の記載方法は、次の通り。
1　刊行年は、西暦表記に統一した。
2　敬称を略した。

大輪靖宏

江戸時代の文芸の新しさ

——芭蕉・西鶴・近松を例に

江戸時代の文芸は、そのまま現代に持ってきても差し支えないほど、新しい。それは、描き方においても、創作理論においても言えることである。しかも、韻文、散文、戯曲のすべてにわたって、従来の我が国の伝統的な文学とは一線を画するのである。真実を描き出すためには事実の変更（すわなち虚構）は当然あるという考え方は、小説、戯曲だけでなく俳句にも適用されている。また、言い尽くさない表現法は、俳句だけでなく小説の上にも活用されている。江戸時代においては、今日の私たちが学ぶべき多くの試みがすでになされているのだ。

江戸時代の文芸は画期的に新しい

江戸時代の諸文芸は実にさまざまな試みをしている。これらの試みの大部分は、それ以前の長い日本文学の歴史の流れからみると画期的なことなのだが、二〇世紀、二一世紀という現在から見ると当たり前のことに見えてしまうことが多い。

たとえば、西鶴の小説について、人間の姿を本能的な深みまで赤裸々《せきらら》に描いていると言ったとする。ところが、リアリズムの文学が発達し、多くの成果を上げてきた現在からすると、小説である以上人間の姿を赤裸々に描くことは当たり前の話だということになってしまい、何の新鮮さも生じない。

また、芭蕉の俳句は、「蚤《のみ》」や「虱《しらみ》」さらには「馬の尿《しと》」まで素材にすると言っても、現在では雅やかであるはずの短歌においてさえ卑俗な素材を使うのが普通であるから、特に芭蕉の句が新鮮であるという印象は生じない。

このように現在から見て新鮮に感じられないことが多いということは、江戸時代の諸文芸において、現在に通じる多くのことがすでに成立してしまっているということを示しているのである。つまり、江戸時代の文芸が、それ以前の文芸に比べて、いかに新しさを確立していたかということになるのだが、我々はややともすると、現在からは大きく異なっている奈良時代、平安時代の文学の方に珍しさを含めた新鮮味を感じることが多い。

そこで、今日から見れば当たり前に過ぎることをこの機会に整理してみたい。そこから日本文学の歴史の上での江戸時代文芸の意義が少しでも見出せればと思う。

なお、この論では、西鶴の小説、芭蕉の俳句という言い方をすることにする。西鶴は自作を小説と呼んだりしないし、芭蕉の場合も発句《ほっく》というのが正しいだろう。ただ、今日、小説とか俳句とかと広く呼んでいる文芸ジャンルに西鶴や芭蕉の作品はそれぞれ含まれるので、今日的な呼び方をしておくのである。

芭蕉俳句の新しさ

芭蕉の俳句は、現在の俳句の世界では古典中の古典ということになっている。したがって、古臭いものの代表であるかのような感じである。

復本一郎氏の『日野草城　俳句を変えた男』（角川学芸出版、二〇〇五年）には、草城の「ミヤコ・ホテル」についての評言が多く引用されているが、いまその中から村上文彦氏の言を借用させて貰うと（同書一四三ページ）、次のようにある。

「私がはじめて俳句を作つてみようかといふ気持になつたのは草城先生の『ミヤコ・ホテル』一連の句を友人に見せられた時でした。俳句といへば芭蕉の古池の句ぐらいしか知らなかつた私にとつてこの句は実に驚きの他何もありませんでした。俳句がこの様に新しく詠はれているとは夢にも思つておりませんでした」

いま私は草城を論じようとしているわけでもないし、村上氏の言を論評しようとしているわけでもない。単なる一つの例として、芭蕉の俳句がこのように古いものの代表として用いられることがよくあるということを言いたいだけである。だから他の人の言でもまったく差し支えないのだが、ともかく、このように俳句においては新しいものの対極に芭蕉の俳句が置かれていることが多いのである。

しかしながら、この「古池」の句にしても、それ以前の日本文学の歴史の流れを考えてきて接した場合、きわめて新鮮であると言えるのだ。

古池や蛙《かはづ》飛び込む水の音　　芭蕉

「古池」の句については『俳句の基本とその応用』（角川学芸出版、二〇〇七年）で論じたので繰り返しになるが、その要点を取り出すようにしてもう一度ここで述べてみると、まず、「蛙」の扱いが日本文学の伝統とは異なる。もともと蛙という生物は『古今和歌集』の仮名序で、「花に鳴く鶯《うぐひす》、水に棲《す》む蛙《かはづ》の声を聞けば、生きとし生ける物、いづれか歌を詠まざりける」と言われているように、歌をうたう生き物の代表なのである。したがって、和歌文学などの正統的な日本文学では、蛙といえば必ずその鳴き声が愛《め》でられ詠まれてきた。

ところが、芭蕉は蛙を出しながら鳴き声には触れていない。そして、その鳴き声に代わる音として「飛び込む水の音」を出しているのだ。ここには、風雅な蛙の声を敢えて捨てて、「飛び込む」動作と、そこから生じる「水の音」を句の素材としている新鮮さがある。蛙の声は伝統的な雅《みやび》の世界のものである。それに対して、蛙の動作や姿、ならびにそこから生じる水の音は美的とは言いかねるもので、雅なるものではない。つまり芭蕉は日本文学の伝統的な雅の世界を捨てて、卑俗な世界の中に文学性を見出したのである。

次に「古池《ふる》」であるが、これを単純に「古い池」と受け取ってはならない。千年前に作られた池であっても、立派な庭園の中でいまだに池として生きている場合には古池とは言わないからである。「古井戸《ふる》」という例を参考としてみると分かりやすいかも知れない。たとえ何千年前に作られた井戸であっても、現在も渾々《こんこん》と水を湧きだして、人々の生活を支えている井戸であったら「古井戸」とは言わない。それに対して、そんなに古くなくても、いまでは誰からも顧みられなくなった井戸だと、古井戸と呼ばれる。

古池というのはこのように人々から忘れ去られた池であるから、「古池や」という上五《かみご》に接すれば、人から完全に忘れ去られた無価値なものという点が強く押し出された池の姿が想起されるのである。当然、こういう池はあらゆる生物たちから見捨てられた死の世界のはずである。音も動きもないはずである。

ところが、ここに「蛙飛び込む水の音」があるのだ。捨て去られた世界でありながら、死の世界ではなく、そこにはそれなりの生の営みがあり、動きや音がある。この時点で、この忘れ去られた世界が急に生きたものになる。虫もいるだろう、魚もいるだろう、それを狙う鳥や蛇もいるだろう、風の音や生物の音もするだろうということで、この情景に生命や動きや音が加わるのだ。しかも、いくら生きた世界であっても、これがあくまでも忘れ去られた世界であるということから、侘《わ》び、寂《さ》びと呼ばれる雰囲気に満たされるのである。ここに、従来の和歌的世界では描かれることのなかった、優雅とはまったく異なる世界が生まれたのである。

侘び、寂びというのは完全なる死の世界ではない。生きている現実世界の中に生じる雰囲気を指すのだ。芭蕉の「古池や蛙飛び込む水の音」という句は、古池という死の世界になりかねないものへ蛙を飛び込ませることによってそこへ生命を吹き込み、顧みられないはずのものを生きた世界にしたのである。生きた世界だからこそ侘び、寂びが生じたのだ。

伝統にこだわらない芭蕉の俳句

芭蕉の俳句で、もう一つこれに似た例を出してみよう。

鶯や餅に糞《ふん》する縁《えん》の先《さき》　芭蕉

この鶯もまた日本文学の伝統に反している。先にも引用したが、『古今和歌集』の仮名序には、「花に鳴く鶯、水に棲む蛙《かはづ》の声を聞けば、生きとし生ける物、いづれか歌を詠まざりける」とあって、蛙とともに鶯は歌を詠む生物の代表である。ところが芭蕉はその鶯の声は詠まずに、糞をする鶯を句に詠んだのだ。縁に餅が干してあるというのも庶民的な風景である。こうして芭蕉は身近な卑俗性の中に文学の素材となる美を見出していったのである。

よく見れば薺《なづな》花咲く垣根かな　芭蕉

芭蕉にはこういう句もある。薺などという雑草の目立たない花がそれなりの生の営みをして、小さな花を付けているのを見つけた喜びを詠んだ句である。しかも、それが咲いているのが垣根というもっとも身近な生活空間である。こうした身の回りの取るに足らない物に美を見出して文学の素材とするのは和歌、連歌などの雅やかな伝統に反する行為であり、芭蕉の句の新鮮さということになる。

『野ざらし紀行』の旅の途上、伊勢の西行谷で芭蕉は芋を洗う女たちを見た。

芋洗ふ女《をんな》西行ならば歌詠《よ》まむ　芭蕉

芋というような下品な食い物とか、それを洗っている下賤《げせん》な女とかは、従来、和歌的な世界に扱われることはなかった。それを、芭蕉は、自分の尊敬する西行ならばこういうものまで歌の素材にするだろうと言ったのである。ここに芭蕉の西行に対する強いあこがれと信頼があるのだが、それと同時に、西行が歌に詠むのと同様に自分だってこういう素材を句に作るという確固とした意思表示がある。げんに芭蕉は「芋洗ふ女」をこうして自句に詠んでいるのである。芭蕉が意識的に、卑俗なところにまで文学の素材を広げようとした態度が窺われる。

もちろん、こうした卑俗的な素材を句の世界に取り込むことは、芭蕉以前の貞門《ていもん》派や談林《だんりん》派が行なってきたことである。さらに遡れば、室町時代末期の『犬筑波《いぬつくば》』などにも卑俗な素材は見出せる。つまり、戦国時代から江戸時代へかけて、かつての大宮人《おおみやびと》たちが作り上げた優雅な美しい伝統的なものを大胆に破壊する行為がなされてきたのだ。

ただ、こうした破壊を、単なる破壊に留めず、そこから優れた文芸を生み出していったのが江戸時代人の素晴らしいところである。貞門派や談林派の句には、単なる言葉遊びの面白さや珍奇な素材を使う面白さに過ぎないものが多くあるが、その一方では、卑俗でありながら優れた文学性を有する作品もまた多く見出せる。彼らは破壊だけでなくちゃんと新しいものを生み出しているのだ。そうした中から高度の完成度をもって作品化を行なったのが芭蕉である。それ故、いま芭蕉を代表例として挙げているのである。古いものの代表のように芭蕉の「古池」の句が言われることが多いのだが、実はこういう句が作り出されるというのは非常に新しいことなのだ。芭蕉に代表される江戸時代人の作り出した俳句はこのように新しいものだったのである。

物語的な女の描き方

小説に目を転じてみよう。芭蕉と同じ時代に小説の分野で画期的な試みを行なったのが西鶴である。西鶴にも新しい面は多々あるのだが、特に目立つのは女性の描き方で、西鶴は生身《なまみ》の女を生き生きと描いて見せたのである。

この「生身の女を生き生きと描いて見せた」という言い方も、小説についての言葉としては、現在から見ると当たり前すぎる話で少しの新鮮味もない。しかし、西鶴以前の物語世界では、女というものはおぼろな優雅なものとして描かれるものだったのである。決して生々しい姿を描いたりはしなかったものなのである。

室町時代から江戸時代初頭にかけて作られた御伽草子《おとぎぞうし》の女の描き方を見てみよう。ここで、御伽草子を例にするのは、江戸時代から見てその直前のものという理由もあるのだが、もっと大きな理由は、御伽草子がこの当時の人に対して物語とはこういうものという典型を示しているからである。室町時代になると物語を作る側も平安時代のような人材はいなくなるし、物語を読む側も教養の程度が著しく低下する。もともと物語は女のために作られたものなのだが、戦国時代になると女の立場は極端に弱くなり、教養というものがほとんど配慮されなくなる。そのため、『源氏物語』のような長大で難しいものはもはや当時の女達には無理で、もっと簡単な形で女たちに物語を味わわせ、女としての生き方を啓蒙する簡便なものが生まれてくるのであって、それが御伽草子なのである。

したがって、御伽草子は、物語とはこういうもの、女の生き方というのはこういうものというように、類型化されている。つまり、御伽草子を見れば、江戸時代直前の人たちの物語という概念やその描き方の典型を知ることができるのである。

そういう御伽草子の中で、比較的積極的な女の出てくる作品に『木幡狐《こわたぎつね》』というのがある。これは「きしゆ御前《ごぜん》」という狐の姫君の話だが「いかならん殿上人《てんじやうびと》か、関白殿下《でんか》の北《きた》の方《かた》ともいはれなん」という望みを持っているので、御伽草子によくある女の出世物語の一つとも考えることができる。つまり、「きしゆ御前」の姿から、狐ではなく、普通の人間の女の姿を見出しても一向に差し支えないのであって、典型的なお姫様の姿がここに描かれているのである。

この「きしゆ御前」が、三条大納言殿の御子《みこ》三位《さんみ》の中将の姿を見て恋をする。そして、十二単《ひとえ》の衣服、袴を着て、美しく化け、三位中将の目に止まるようにする。ここまでは女の行動に積極性が感じられるのだが、ここから先、「きしゆ御前」に目を止め、語りかけ、屋敷に連れて行くのは、一方的に中将の行為であって、「きしゆ御前」の意思は全くない。そして、中将がさまざまかき口説くのに対して、「きしゆ御前」は「もとより姫は、たくみたることとなれば、うれしさ限りなし。さりながら、いとはづかしげなる風情して、うちなびくけしきもなくて居給ひけり」ということになる。これが物語に描かれる女の典型的な姿である。この後、二人は夫婦となり、子供をもうけるところまで行くのだが、それはすべて夫たる中将の導きによるのだ。

同じ御伽草子の『鉢かづき』であっても、家を追い出され、屋敷に拾われという過程で、女は常に周囲に流されるだけなのである。屋敷の御曹子《おんぞうし》に見染められ、契りを交わしても、「鉢かづき」は、「その時のいとどはづかしさは、やるかたもなし」というように描かれ、自分が鉢をかぶった姿であることを思って「あるにかひなき有様にて、見えぬることのはづかしさよと、かきくらし泣き給ふ」という態度を続けるのである。この後、「鉢かづき」を決して見放さぬ御曹子に導かれて、嫁比べの場で、鉢の落ちた美しい顔を見せて、御曹子の妻として認められるのだが、そこに至る過程においても女の姿勢は常に受動的であって、現状打開の努力というものはない。せいぜい、世をはかなんで我が身を捨てようとするのが、消極的ながら自分なりの態度といえる程度である。

これは、この時代の女が実際にこうだったということを示すものではない。物語の中に肯定的に描かれる女はこうでなければならなかったという物語上のルールなのである。現実には、政治的に大きな役割を果たした北条政子や日野富子もいたし、恋の場で女の強さを発揮した小野小町や和泉式部もいた。一般庶民の生活の場でも嬶《かかあ》天下というように男より強い女はいくらでもいただろう。ただ、女の典型的な姿を物語に肯定的に描くときは、「きしゆ御前」や「鉢かづき」のようになるというのが、文学上の約束事であったのだ。

西鶴はなぜ遊女を描いたか

西鶴はこうした文学上の伝統に従おうとはしなかった。自分の目の前の女たちが生き生きと自分の意志を持って行動しているのを肯定的にせよ、否定的にせよ、そのままに描いたのである。これは従来の物語の常識からすれば伝統の破壊であった。

西鶴は最初の段階では遊女を通して女の姿を描いた。『好色一代男《こうしょくいちだいおとこ》』の巻五以降の後半部がそれである。遊女、特にその最高位である太夫《たゆう》は、見目《みめ》かたち物腰はもちろん、教養、機転、美的センスなど、どの点を取っても、男に引けを取らないものを持っていたから、女の能動的な姿を描くには絶好の対象だったのである。

江戸時代においては、女はどうしても教養などを身につける機会に恵まれず、男に劣ることが多かった。

しかも、女は男に従うべきものという一般常識があったから、男と対等に張り合う女を肯定的に描くことはできなかったのである。それは否定的な女の姿であったのだ。

しかし、太夫は違う。もともと、どのような教養、趣味を持つ客が来ようと、ちゃんとその相手ができるように養成された存在であるから、男と対等に渡り合っても不自然ではない。しかも、その存在は男たちのあこがれの的であったから、男より優位に立っても決して否定的な女にはならないのだ。

『好色一代男』の前半では、世之介の相手は地女《じおんな》である。したがって、主人公たる立場は世之介が保持するし、女に対する働きかけも世之介の方からする。たまには世之介を薪でぶん殴る女も登場するが（「女はおもはくの外《ほか》」）、これは両夫にまみえずということで貞操を守るために女のしたことだから、男社会の論理に縛られての行為とも言えるわけで、女自身の欲求によるものではない。

ところが、『好色一代男』の後半に登場する遊女となると、たとえそれが世の常識に反していても、自分の欲するところに従い自分の意思で行動する。「後《のち》は様つけて呼ぶ」の吉野などはその代表格であるが、自分に思いをかけている小刀鍛冶《かじ》の弟子を招き入れ、思いを遂げさせてやる。揚屋《あげや》から「これはあまりなる御仕方」と非難される行為であるが、あえて行うのである。

その吉野は、世之介の妻となった後、親類縁者の女性たちの心を得るために、「琴弾き、歌をよみ、茶はしをらしくたてなし、花を生換《いけか》へ、土圭《とけい》を仕懸《しかけ》なほし、娘子《むすめご》達の髪をなで付け、碁のお相手になり、笙《しやう》を吹き、無常咄《ばなし》、内證事《ないしやうごと》、よろず人さまの気をとる」という大活躍をする。

この章では、もはや世之介の姿は霞んでしまい、吉野の素晴らしさだけが語られることになるのだが、これはまさしく女を正面から描いたと言えるものである。そして、これほどの能力を当時の普通の女が持っていることにしたら、きわめて不自然だろう。自分の意思で行動する女の姿を西鶴が描くにあたって、まず遊女を取り上げた所以である。

こうして西鶴は遊女を通して女の生きた姿を描くが、やがて『好色五人女《こうしょくごにんおんな》』や『好色一代女《こうしょくいちだいおんな》』、さらには、武家物《ぶけもの》や町人物《ちょうにんもの》で、普通の女の種々相を描く。遊女という特殊な存在を取り上げなくても、普通に家庭や社会で生活している女に、西鶴の創作意欲をそそる、女の愛欲、物欲、義理、意地、強さ、弱さなどがあったからである。

実際、この世の中の半分は女であり、その女達はそれぞれに悩みや苦しみや楽しみや喜びを抱いて生活しているのであるから、それをそのまま描き出すというのは、今日から見れば当たり前すぎるほど当たり前のことである。西鶴の小説には亭主を追い出してしまうような強い女も出て来るが、こうした普通の女の種々相を、その醜い面まで赤裸々に描くというのは、おぼろで雅やかな物語文学の伝統からすればあり得ない、画期的なことだったのである。

西鶴の描き方

芭蕉が卑俗な素材を使うことにためらいを持たなかったことは先述したが、西鶴も同様である。物語世界の女主人公はたいていお姫様であるが、西鶴は庶民の女を、さらには賤業《せんぎょう》とされる遊女を素材に用いた。そしてその描き方も露骨なまでに具体的である。物語世界では、恋が描かれても、相手のどの部分に惹かれたか、いつ男女の間に実事《じつじ》があったかなどはおぼろな雅《みやび》の中にある。姿についても「きしゆ御前」でいえば、「容顔美麗《びれい》にうつくしく、心ざまならびなく」ということであり、相手の中将は「容顔美麗にして、まことに昔の光源氏、在原《ありわら》の中将殿と聞えしも、是にはまさるべからず」ということであった。『横笛草紙《よこぶえそうし》』の横笛は「そのかたち、容顔美麗にしていつくしく、霞に匂ふ春の花、風に乱るる青柳の、いとたをやかに、秋の月にことならず」というような次第で、具体性を捨てて類型的に叙述するのである。

これに対して西鶴は『好色一代男』に例をとれば「朝妻は立ちのびて、腰つきに人のおもひつく所もあり。脇顔うつくししく鼻すぢも指し通つて、気の毒はその穴、くろき事は煤《すす》はきの手伝ひかとおもはる」（「身は火にくばるとも」）というように描く。朝妻という遊女はすらりと背が高く、腰つきには人の好き心《すきごころ》を挑発する色っぽさがあり、横顔も美しく、鼻筋も通っていると言いつつ、その鼻の穴の黒いことまで指摘するのである。ここには、優雅な美しい世界に代わって、生々しい人間の息吹《いぶき》がある。

恋の場面についても、物語世界ではいつ男女が結ばれたか分からないほどおぼろだが、『好色一代男』では、「さりとは其方《そなた》も男ではないか、吉野が腹の上に適々《たまたま》あがりてむなしく帰らるるかと、脇の下をつめり、股《もも》をさすり、首すぢをうごかし、弱腰をこそぐり、日暮れより枕を定め、やうやう四つの鐘のなる時、どうやらかうやらへの字なりに埒《らち》明けさせて……」ときわめて具体的である。

こういう生きた人間の織りなす卑俗な世界が文学になるというのは、それ以前の常識では考えられないことであった。西鶴も芭蕉も、身の回りの卑俗なものを文学の素材にし、しかもそこに高い芸術性を生ぜしめたのである。

近松門左衛門の場合

芭蕉、西鶴と見てくれば、当然、近松門左衛門にも触れないわけにはいかない。しかし、これについては多くの言は必要ない。近松の世話浄瑠璃《せわじょうるり》が、それ以前の古浄瑠璃とはまったく違って、きわめて身近なところに起こった心中、姦通《かんつう》、殺人などを素材とし、そこに生きた人間の姿を描き出して見せたことは周知のことだからである。近松もまた目の前の現実世界の卑俗な素材から高い芸術性を生み出した点で、芭蕉や西鶴と共通するのである。

そして、近松の場合も、西鶴と同様、現実の世界の生きた人間を描こうとすればするほど、女の姿が前面に押し出されてきて主役になってくる。近松の作品は、数の上からいうと時代物《じだいもの》の方がはるかに多いので、それらでは男が主人公になることが多いのだが、世話物《せわもの》に関して言えば圧倒的に女上位と言える。それは、ほとんどが恋に関わるからで、この点は西鶴の好色物《こうしょくもの》と共通性がある。女が男の背後に隠れていたり、男の引き立て役に甘んじたりということが少ないのである。『曽根崎心中《そねざきしんじゅう》』などを見ると女の方がよほど力強く現実に対処し、男をリードしていく。お姫様的な類型的な女の描き方がなくなり、生きた女の存在感が大きくなるのは、西鶴の場合もそうだが、庶民性ということと大いに関係があろう。自分の生きている社会の、物語的ではない現実を文学の素材としてリアルに描き出せば、当然、女の存在感が大きくなるのである。

近松の芸術論と芭蕉の俳論

近松に話が及べば、その有名な虚実皮膜論《きょじつひにくろん》が浮かび上がってくる。ここから、江戸文芸における芸術論の新鮮さにも触れておこう。

『難波《なにわ》みやげ』によれば、或る人が、近松に向かって、歌舞伎の役者の所作《しょさ》は事実に似ていなければならない、「立役《たちやく》の家老職は本《ほん》の家老に似せ、大名は大名に似るをもつて第一とす」と言ったという。これに対して、近松は、「この論尤《もつとも》のやうなれども、芸といふ物の真実のいきかたをしらぬ説也。芸といふものは実《じつ》と虚《うそ》との皮膜《ひにく》の間《あひだ》にあるもの也」と言ったというのだ。近松はこの言葉に続けて実例を挙げるわけで、家老を演じる場合、本物の家老の身振り口上《こうじょう》を写すとは言っても、本物の家老が役者のように顔に紅脂白粉《べにおしろい》をつけているだろうか。本物の家老は顔を飾らないからと言って、役者が髭は生えたまま、頭は禿げたままで舞台に出たら、芸というものになるだろうか。「皮膜《ひにく》の間といふが此也《ここなり》。虚《うそ》にして虚にあらず、実《じつ》にして実にあらず、この間に慰《なぐさみ》が有《あつ》たもの也」というのである。

ここに、芸術における真実と事実の問題がある。家老を表現しようとする役者が紅脂白粉をつけて登場するのは、実際の家老という事実に反している。つまり、虚《うそ》である。しかし、この役者が本当に表現したいのは、家老の表面的な姿態ではなく、その家老の内面の苦しみや誇りであり、さらにはその家老の行動や生き様である。これこそが伝えなければならない芸術的真実であり、この真実を伝えるために家老を演じる役者は紅脂白粉をつけていた方が効果的なのである。つまり、実を伝えるためには虚が必要になってくるわけで、この実と虚との切り離せないところに芸術があると、近松は言うのである。

近松は、女形の台詞《せりふ》には、本物の女なら口にしないようなことが多くあるとも言っている。実際、普通の女は自分の内面をそんなに口にするものではない。しかし、芸の上でその通りに演じると、女の底意が現れず、演劇が成り立たない。だから、女の実の情を表現するためには、女に不相応な台詞が多くなるのだと、近松は言うのである。これもまた、伝えなければならない真実のためには、事実を変えること、すなわち虚が必要だということなのである。

事実通りにということは現在でもしばしばいわれる。しかし、芸術で伝えなければならないことは真実なのであって、そのためには事実の変更は行われてしかるべきなのである。この事実の変更が上手に行われなければ、優れた芸術は生まれない。近松のこの考え方は、現在へも大きな警鐘を鳴らしていると言えるだろう。

優れた芸術家はすべてこうしたことを意識的、無意識的に行なっている。西鶴は、文芸理念など、自作の裏側を語ることをしないが、彼の作品に現れる迫真的な真実性を考えると、当然、事実の変更は行なっているはずである。

そして、芭蕉の言葉にも、「俳諧といふは別の事なし、上手に迂詐《ウソ》をつく事なり」（俳諧十論）というのがある。

芭蕉の行う虚構

芭蕉は自分の俳句を生かすために、事実を変更することが多い。その一つの例として、「あらたふと青葉若葉の日の光」を取り上げてみる。

芭蕉は、元禄二年に『おくのほそ道』の旅に出て、三日目に室《むろ》の八島《やしま》に参詣した。そのときに作った五句が曽良《そら》の『俳諧書留《はいかいかきとめ》』に記録されているのだが、その二句目に「あなたふと木の下暗《やみ》も日の光」という句がある。つまり、この句は室の八島で作られたものなのだ。ところが、芭蕉はこの句の「日の光」という表現を生かすためには、日光という地名に響き合わせた方がよいと考えたらしく、日光で作ったことに変更した。「日光山に詣《まう》づ」という詞書きを持って「あらたふと木の下闇も日の光」と書かれた真蹟懐紙《しんせきかいし》が残っているのである。そして、芭蕉は元禄七年（一六九四）に『おくのほそ道』を完成させるのだが、そこでは、この句は

「あらたふと青葉若葉の日の光」と形を変えて、日光のところにおかれている。

芭蕉が日光に着いた日は、曽良の『旅日記』によれば、前の晩から小雨で、午前中は止んだり小雨が降ったりという天気だった。昼頃に雨は止んだようだが、終日曇りであった。こういう天候では、「あらたふと青葉若葉の日の光」という句は入れられないので、『おくのほそ道』の日光の項は、天気については一切触れてない。この句に引きずられて、晴天とも読めるようにしてある。

もっとも、翌日、裏見《うらみ》の滝を見に行ったときは快晴であったから、この句の状況と合うのだが、裏見の滝では別の句が置かれているので、この句の置かれる余地はない。

つまり、芭蕉は、句を推敲してより良い句にするとともに、その句をどこに置いたらもっともその句が生きるかということにも神経を使っているのだ。そして、それは事実に反しても構わないことなのである。その句の持つ芸術的真実がもっとも効果的に発揮されることの方が大切なのだ。

よく知られていることではあるが、『おくのほそ道』には、世間一般の紀行文とは異なって、虚構が多い。安積山《あさかやま》では、古歌によく詠まれる「かつみ」とはどんな植物か知りたくて、探し歩いたことが、『おくのほそ道』には書かれてある。「いづれの草を花かつみとは云ふぞと、人々に尋ね侍れども、さらに知る人なし。沼を尋ね、人に問ひ、かつみかつみと尋ね歩きて、日は山の端にかかりぬ」というのである。すでに安積で日が山の端にかかる状態で、そのあと「二本松より右にきれて、黒塚の岩屋一見し、福島に宿る」というわけだから、福島に着いたときは相当時間が遅かっただろうと思われるのだが、実を言うとそんなことはなかった。曽良の『旅日記』によれば、黒塚の岩屋を見た後、郷ノ目村の神尾氏を訪ね、そのあと福島に着いていているのだが、「日未《いまだ》少シ残ル。宿キレイ也」ということで、福島に着いても明るかったのだ。

つまり、「かつみかつみと尋ね歩きて、日は山の端にかかりぬ」というのは事実に反しているのだが、これは、芭蕉のこの旅における姿勢を表現しているものなのだ。芭蕉は『おくのほそ道』の旅で、古人の跡を尋ね、古人の見たものを見、古人の歌を現場で追体験している。そのためには回り道もいとわない。そこまで風雅を追い求めている自分の姿を表現したものが、「かつみかつみと尋ね歩きて、日は山の端にかかりぬ」という表現なのだ。つまり、この表現は、芭蕉の行動の事実は伝えていないが、古人に触れようとする芭蕉の姿の真実を伝えているのだ。

このような、眼前の事実にこだわることなく、そこから表現されたものによってもっとも大切な真実を伝えたいという芭蕉の文学的な姿勢は、近松とも共通するものである。

言い尽くさぬ姿勢

芭蕉の俳論は多岐にわたっていて、現在に至るまで我々に多くの示唆を与えているが、その中でも特に有名なものは次のような言葉であろう。

謂《い》ひ応《おほ》せて何かある（言い尽くしてしまったらそこに何があるというのか、何も残らないではないか）（去来抄）

発句はかくの如く、隅々《くまぐま》まで言ひ尽くすものにあらず（去来抄）

これは、説明する部分を最小限に留め、かえってそこから生じる意味の広がりを大きくしようとするもので、文学の基本としてもっとも重要なことだ。

実際、芭蕉は句を作るにあたって、極力説明を避けている。たとえば、芭蕉に「春立つや新年ふるき米五升《しょう》」という句がある。これは、「似合はしや新年古き米五升」とか「我富めり新年古き米五升」とかいう形が前にあったのだが改めたのである。後に芭蕉は「似合しやと初め五文字あり。口惜しき事なり」（三冊子《さんぞうし》）と言ったという。

つまり、作者が自分から古い米を五升持って新年を迎えたのは自分に似つかわしいと言ってしまえば、もうそれで終りであって、それ以上の感覚が読者の心には広まらない。そこで、芭蕉は「似合はしや」とか「我富めり」とかいう説明的な言葉を句から削ったのである。「春立つや」というのは「新年」と同じことであって、意味的には何も付け加わっていない。つまり、古い米を五升持って新年を迎えたということだけを芭蕉は言うことにしたのである。

これによって、豊かなようでもあり、貧しいようでもあり、似つかわしいようでもありという複合した感覚が読者の心に広がることになる。文学的には言い尽くさないということが、こういう大きな効果を生むのである。

こうした、言い尽くさない効果は、西鶴もよく用いる。

『世間胸算用』の「小判は寝姿の夢」には貧しさのあまり年を越すことができなくなった男の話があり、大晦日に妻が乳飲み子を置いて奉公に出るのである。妻が人置きの嬶《かか》に連れられて家を出て行ったあと、夕暮れになって男は、棚のはしに、妻が買っておいた正月用の雑煮箸が二膳あるのを見つける。それを見るや男は「一膳はいらぬ正月よと、へし折りて鍋の下へぞ焼《た》きける」と西鶴は書いている。

西鶴はここで、男がどんなに辛かったか、怒ったか、悲しかったかなどについて、まったく説明をしていない。しかし、二膳の雑煮箸のうち、この正月は一膳が要らなくなったと、へし折って鍋の下にくべてしまったという一事の中に、男のやりきれない気持が千万言を費やすよりも効果的に現れていよう。そして、夫の分と自分の分との二膳の箸を用意した妻のいじらしさや哀れさまで、ここには浮かび出てくる。

　これは、「謂《い》ひ応せて何かある」とする芭蕉の姿勢と相通じるものである。

江戸時代文芸の普遍性

　江戸時代の文芸がいかに新しいか、いかに現代にまで通じる普遍性を持っているかということを述べてきたわけだが、これでやっと元禄期の芭蕉、西鶴、近松に触れただけである。しかも、まだまだこれでは表面的で、この三人だけでももっと掘り下げてみなければならない点が多い。

　しかも、江戸時代の文芸はこの三人だけでできあがっているものではない。安永天明期における、俳句の分野で写実性を基本にしながら物語性虚構性をも取り入れた与謝蕪村、小説の分野で伝統的な物語形式を活用しつつ現実を描いてみせた上田秋成、演劇の分野で浄瑠璃の上に歌舞伎的様式美を完成させ後世の歌舞伎に大きな影響を与えた近松半二、学問・評論の分野で文学を道徳や宗教から切り離してその独立性を確立した本居宣長などのそれぞれの試みは、元禄期とは違った新しさや画期性があり、これまた現在に大きな示唆を投げかけている。そして、さらに文化文政期に目を向ければ、小説の分野で緊密な構成と起伏のあるストーリー展開で大長編を書いた曲亭馬琴、演劇の分野で徹底した写実性で生世話《きぜわ》狂言を確立した鶴屋南北、俳句の分野で卑俗性地方性を存分に取り入れた小林一茶などが、これまた従来になかった試みをしている。

　この他、小説だけに絞ってみても、八文字屋本《はちもんじやぼん》、談義本《だんぎぼん》、洒落本《しゃれぼん》、黄表紙《きびょうし》、滑稽本《こっけいぼん》、人情本《にんじょうぼん》、合巻《ごうかん》などの試みがあり、こうしたものを一つずつ論じ、紹介していけば、どれだけ紙幅があっても足りない。このくらい江戸時代文芸は多岐にわたってさまざまな試みを行なっているのである。

現在の私たちはこうした江戸文芸の延長上にいる。私たちは好むと好まざるとに関わらず、さまざまに江戸文芸の恩恵を受けているのである。それにもかかわらず、私たちは江戸時代人の試みの幅広さや奥行きを十分理解しているとは言い難い。私たちはもっともっと江戸時代の文芸を知るべきである。私たちが江戸時代の文芸から学ぶことはまだまだありそうに思われる。

染谷智幸

西鶴の越境力

●——絵とテクストを越えるもの

西鶴は小説家なのか、俳諧師《はいかいし》なのか、〈はなし〉家なのか。いやその何れでもない。西鶴の文学的発想はそうしたジャンルを越えるばかりか、〈ことば〉の枠組みを越えて軽やかに飛翔する。それは西鶴の絵（挿絵）を見ることによって明らかになるだろう。西鶴の絵を楽しむことによって、我々も〈ことば〉やジャンルの桎梏《しっこく》から自由になり、「想世界」（北村透谷《とうこく》『厭世《えんせい》詩家と女性』）、「ただ感じる世界」（坂口安吾《あんご》『ＦＡＲＣＥについて』）に遊んでみよう。

西鶴・芭蕉・近松のジャンル意識

元禄期の三大文学者、西鶴・芭蕉・近松は共に元禄の庶民層の中にあって独自の蓮華を咲かせた。本書の巻頭論文で大輪靖宏氏も述べておられるように、彼らには、俗談平話《ぞくだんへいわ》、伝統の革新、虚実の混交などといった点で際立った共通性を見せているが、三人の文芸意識には大きな違いもあった。その違いの一つに、三人のジャンル意識がある。周知のように芭蕉と近松は俳諧・演劇（歌舞伎・浄瑠璃）というジャンルに非常にこだわった。

> 百骸九竅《ひやくがいきうけう》の中に物有、かりに名付て風羅《ふうら》坊といふ。（中略）かれ狂句を好《このむ》こと久し。終に生涯のはかりごととなす。（中略）しばらく身を立むことをねがへども、これが為にさへられ、暫《しばら》ク学で愚を暁《さとら》ン事をおもへども、是が為に破られ、つひに無能無芸にして只此一筋に繫る。
> （『笈《おい》の小文《こぶみ》』序）

> 此比は狂言までに作者を書　剰《あまつさへ》　芝居の看板辻々の札にも作者近松と書しるす。いかい自慢とみへたり。（中略）答て曰《いはく》、御不審尤《もつとも》には候へども、とかく身過ぎが大事にて候。古《いにしへ》ならば何とてあさあさしく作者近松などと書給ふべきや。時ぎやうにおよびたる故芝居事でくちはつべき覚悟の上也。しからばとてもの事に人にしられたがよいはづじゃ。
> （『役者大評判』「唐松歌仙」の条、共に傍線は染谷）

これに対して西鶴は俳諧から出発しながらも、あまりジャンルにこだわった形跡がない。後世、結果的に浮世草子作者として名を馳せることになったが、俳諧・浮世草子のほかに浄瑠璃・役者評判記・絵（挿絵）と、西鶴はその時々に関心のあるジャンルに踏み込んで自由自在に書き続けたかに見える。こうした西鶴の作家としての在り方は、本書のテーマに即して言えば、すこぶる江戸時代的である。

本稿では、こうした西鶴の作家としての在り方を、従来あまり問題にされてこなかった浮世草子の挿絵[1]を通して考え直してみることにしたい。そして、そこから江戸文学が持っていた可能性の一つを浮き上がらせてみたい。

西鶴の挿絵と魅力

好色一代男の絵は何ものの筆なりけん。（中略）皆江藻髪《つくも》の婆々の御影をみるがごとく、腰かがまり袖ちいさく、鳩むね鑓《やり》おとがいにして、立すがたは大風にふかれて倒《たふれ》ありくに似たり。
（『寛濶《かんかつ》平家物語』巻四の四「微塵も絵図に違ぬ女」）

西鶴の挿絵について語られる時、真っ先に引かれる文章である。たしかに『好色一代男《こうしょくいちだいおとこ》』の挿絵に描かれる遊女の道中姿（次頁の挿絵）などを見ると、肥大化した上半身の豊かさに比べて、貧弱な腰や足というアンバランスが目に付く。「大風にふかれて倒ありく」というのは言い得て妙で、やはりこの絵を佳作とは言いにくい。

しかし、そう言いつつも、捨てがたい魅力が西鶴の絵にあることも確かである。たとえば、この道中姿は見様によってはとても躍動的だと言える。周知のように、太夫クラスの遊女は自らの威勢を遊客や他の遊女たちに誇示しなければならなかった。よって道中姿などは必要以上に堂々とした振舞いを見せる必要があった。とすれば、まさに「倒ありく」ようになったことは充分に推測される。西鶴の絵はその辺りを適切に描いたものと言うことも出来るのである。

『好色一代男』巻八の三挿絵（部分）

同上巻五の一挿絵

箕山の吉野と西鶴の吉野

もう一つ例を挙げよう。『一代男』の二代目吉野の挿絵（巻五の一、前頁）である。この絵を初めて見た時、私は何とも言いがたい違和感を感じた。そう思ったのは他でもない、実は『一代男』を読む前に、吉川英治の『吉野太夫』を読んでいて、吉野というのは大変慎ましやかな楚々《そそ》とした女性であるというイメージを持っていたからである。それは私が勝手にイメージしたものではなく、確か吉川氏の小説の挿絵か何かにそうした吉野の絵が描かれていたと記憶する。しかし、『一代男』の挿絵の吉野は大柄で堂々としており、楚々とした吉野にはまったく不釣合いという印象を抱いたのだった。

ところが、西鶴の『一代男』本文を読んでから、その印象は一変した。周知のように、西鶴が書いた『一代男』の吉野は、現代の吉川英治の描いた吉野や、その粉本になったと思われる藤本箕山《きざん》の描いた吉野とは違っていて、実に躍動的で堂々とした振る舞いをする。この吉野像はまこと痛快と言ってよく、私の中にあった大和撫子風の楚々とした振る舞いをしていた吉野像を粉砕してしまった。これ以降、挿絵にある堂々とした吉野に対しても、違和感より共感が先に立つようになったことは言うまでもない。

こうした例はこれだけでない。同じく『一代男』巻一の三「人には見せぬ所」の挿絵で、遠眼鏡を覗く世之介のいかにもこましゃくれた腰付き、『諸艶大鑑《しょえんおおかがみ》』巻四の一「縁の摑《つかみ》取りは今日」の挿絵で太鼓持をからかう遊女達の姿、『西鶴諸国はなし』巻四の三「忍び扇の長歌」の挿絵で洗濯物を干す姫の飄々《ひょうひょう》とした素振りなど、西鶴の絵には巧拙を超えた不思議な魅力があるのである。周知のように、西鶴の浮世草子の挿絵は西鶴以外の職業絵師も加わっていると見られ、吉田半兵衛風とか蒔絵師《まきえし》源三郎風などと言われる。たしかにそう

『諸艶大鑑』巻二の四挿絵

した職業作家の方が絵としてはそつが無く上手いのだが、やはり西鶴の小説には西鶴の絵が合っている。こうした感触は昔、ルイス・キャロルの『不思議の国のアリス』とその挿絵（ジョン・テニエル画）や、棟方《むなかた》志功《しこう》が書いた谷崎潤一郎の作品の挿絵を見たときも感じたが、西鶴の絵が持つ不思議な魅力とは、いったい何処から来るものなのか。

覗く者、覗かれる者の相乗作用

西鶴の絵の魅力とその源泉。そうした点から考えた時に、注目すべき挿絵がある。『諸艶大鑑』巻二の四「男かとおもへば知れぬ人さま」の挿絵である（上掲）。

この短篇は、江戸吉原の賑わいと、気楽な遊び所としての三茶《さんちゃ》の遊女たちの風景を描出した後に、その三茶に通ったいわくありげな若侍が、実は若後家であったという驚きのエピソードを点描する話である。挿絵は、張り店に居並ぶ三茶女郎とそれを右の土間（公道ではなく家の中）から覗く客の姿を描き出したものである。この挿絵については既に冨士昭雄氏が、仮名草子の『元のもくあみ物語』や遊女評判記の『吉原恋の

『元のもくあみ物語』下（7ウ8オ）

遊女評判記『吉原恋の道引』「さんちや」

道引』の挿絵を元にしていると指摘された［2］。それらを見るとまさにその通りなのだが、問題は、そうした西鶴以前の挿絵と西鶴の挿絵ではかなり趣きが異なっていることだ。

たとえば、『元のもくあみ物語』『吉原恋の道引』の挿絵に描かれている遊女と遊客の姿を見ると彼らが整然としていることに気付く。遊女はきちんと遊客の方を見るか三味線を弾き、客も行儀よく遊女を見ている。それに対して西鶴の挿絵はまさに覗く者と覗かれる者の心性がよく絵に出ていると言って良い。丸で囲んだ部分を拡大してみよう（左掲）。

まず、下の客の絵を見ると、格子にしがみ付いて必死に遊女を覗き込んでいる遊客の姿が描きだされる。例えば左の輪違《わちが》い紋の着物を着た町人風の男などは、腰がかなり曲がっていて、その必死さが切ないほどに伝わってくる。ところが、上の絵を見ると、遊女は客から顔を背けたり（左の雪輪《ゆきわ》模様の遊女）、客を無視したり（楓《かえで》模様の遊女）していて、「こいつら勘弁してくれ」とでも言いたげな素振りである。恐らく、遊女はこうした無粋《ぶすい》な客に選ばれるのは嫌なはずで、ここでの客に対する素っ気無い行動はそのことを示しているに違いない。しかし、遊客は遊女の顔が見えないとなると、ますます前のめりになる。こうした笑うに笑えぬ相乗作用が繰り広げられていた場面と言

えるだろう。

では、この仮名草子・遊女評判記の挿絵と西鶴の挿絵の違いから何が見えてくるのか。一般に、西鶴以前の仮名草子や遊女評判記類には、遊廓や遊女、そしてそこでの遊び方を紹介するという実用性があったと言われる。この、『元のもくあみ』『吉原恋の道引』の挿絵も同様で、張り店の造り、遊女や遊廓の人間達の配置、遊客が品定めをする場所など、女郎買いの方法・仕組みやそこでの雰囲気を伝えるのが第一の目的と言ってよい。ところが、西鶴の絵ではそうした女郎買の方法・仕組みよりも、そこで繰り広げられる人間たちの行動や心理が第一の描写対象になっている。そうすると、従来から指摘されてきた仮名草子・遊女評判記類から西鶴の好色物への文学的変化・成長はテクストのみではなく、挿絵においても同様の傾向を示していたということがわかる。

このことは西鶴という作家を考える上で極めて重要な問題を示唆していると考えられるが、その点について考える前に、この挿絵をもう少し別の観点から分析したい。この挿絵の変化（仮名草子→西鶴）は、実用性から人間の心理・性癖の描写という問題だけでなく、もう少し複雑な問題を持ち合わせているようなのだ。

無粋な武士と佐竹扇紋《さたけおうぎもん》

左は先に掲出した挿絵（『諸艶大鑑』巻二の四）の一部である。格子《こうし》から遊女を覗いている男は五人居るが、その右側の二人を拡大してみた。まず、真ん中に居る若作りの男であるが、この男、後ろから格子縞《こうしじま》の着物を着た奴《やっこ》風作髭の男に声をかけられている。どんな会話が交わされているのか気になるところである。もとより詳細は分からないが、この若作りの男の袂《たもと》を見ると、右手で袂の中の何かを摑《つか》んでいることが分かる。

この熊手のようなものが手なのかどうかちょっと解りづらいが、西鶴は手の指を非常に細く描く傾向がある。この絵の他の部分（手1〜3）も同様である。そうすると、ここは右手で袂を持っていると見るべきだろう。もしそれが正しいとすると、袂に何か入っていてそれを握っているということになるだろう。そして、ここが遊廓という場であるとするとやはり金と考えてよい。つまり、右の奴髭《やっこひげ》の男に何か言われたのに対して、金ならあるぞと答えているように思われるのである。恐らく、奴髭にこの遊女屋は値が張りますよとか、その遊女は止めておいた方が良いですよと忠告されたのであろう。

もちろん、これは想像の域を出るものではないが、少なくとも、こんな所で金をひけらかしているこの男が全くの野暮《やぼ》天であることは確かである。そうした上で更に気になるのが、この男の袖にある紋である。これは佐竹扇紋と言って、佐竹一族が主に使ったものである。佐竹藩は、周知のように一六〇二年に常陸（今の茨城）から秋田に転封された。この男は二本差しで武士だとすると、佐竹藩から参勤交代で江戸にやってきた男だと思われるのである。田舎から江戸に出てきた野暮な武士。後の黄表紙《きびょうし》などで散々にやっつけられる対象だが、ここでも同様の構図が見てとれるのである。とすれば、この男が他の素見《すけん》客の武士の中で、一人だけ笠も頭巾もかぶらずに頭や顔を丸出しにしていることも分かる。恐らく遊廓に来たのは初めてなのだろう。

さて、この野暮な武士を、私としては佐竹藩の武士と見たいが、仮にそうではなくとも、この野暮な武士は誰か、またこの男の横に居る編み笠を被った武士、梅鉢《うめばち》紋の羽織を着た武士は誰かなどと、挿絵を見た者は様々な想像をめぐらしたはずである。すると、この挿絵には単なる娯楽性だけではなくて、風刺性・社会性までもが含まれていたということになるはずである。

一体に、文字情報というのは特定され易い。何処何処の御方などと暈《ぼか》して書いても、その場所や地名がはっきりしてしまうと、多くの人間に連想されてしまう危険性がある。ところが、絵は微妙な問題を含みこませるのに実に便利で、土地や人を連想させるものを書き入れたとしても、絵は文字よりはるかに多義的である。万一批判されても、逃げる方途《ほうと》はいくらでもある。これは研究する側からすれば、確証を示しがたいという難点にもなるが、それはともかくとしても、よく知られている西鶴の言葉「知る人は知るぞかし」(『一代男』巻一の一)は、文章より絵の方がやりやすいということにもなる。また、近年、篠原進氏が精力的に追究されている西鶴の〈毒〉の問題〔3〕も、文章とともにこうした挿絵も範疇に入れて考察するならば、さらに広がりを見せるはずである。

『諸艶大鑑』巻七の一「惜や姿は隠れ里」挿絵

『吉原すずめ』挿絵（9ウ・10オ）

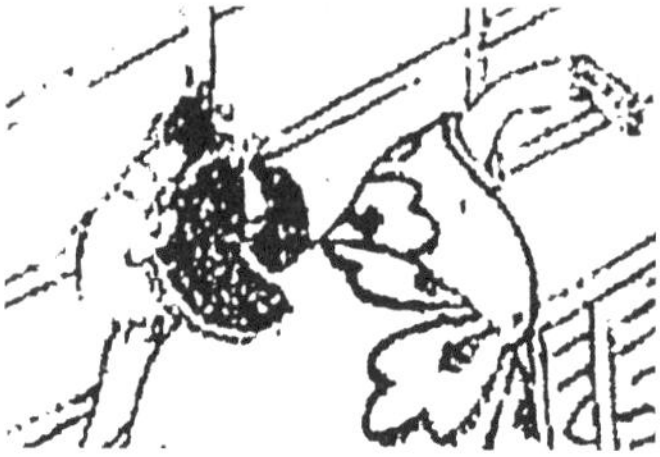

『諸艶大鑑』（部分）

『吉原すずめ』（部分）

西鶴の挿絵の躍動性

いま『諸艶大鑑』巻二の四「男かとおもへば知れぬ人さま」の挿絵を例にして述べてきたが、ここで指摘した傾向は西鶴筆と言われる挿絵全体についても言えるのだろうか。そこで、次に別の例を二つ見ておきたい。

前頁に掲げる二つの挿絵は、上が『諸艶大鑑』巻七の一「惜《おし》や姿は隠れ里」の挿絵、下が上の挿絵の元となったと思われる『吉原すずめ』（寛文七年〈一六六七〉刊）の挿絵である。『諸艶大鑑』の挿絵は、吉原の太夫長山《ちょうざん》と仙台の浪人角弥《かくや》の別れの場面を、他の遊女・遊客が覗く場面であるが、それに対して『吉原すずめ』の挿絵は、口説《くぜつ》して別れようとする遊女とその客を心配そうに障子から覗く、遊廓の亭主・口鼻《かか》・禿《かぶろ》の姿である（「ていしゅ／かか／かふろのぞく」の書き込みがある）。

両者の構図や人物・屏風等の配置は、極めて似通っている。特に覗く側の一番左の人物（『諸艶大鑑』は花菱《はなびし》紋の遊女、『吉原すずめ』は亭主）が他の人間を招き入れようとしている、その手招きの様子が酷似する。この点からして、西鶴がこの『吉原すずめ』の挿絵を参照して『諸艶大鑑』の挿絵を描いたことはまず間違いないところである。

ところが、両者は同じ構図でも、人物の描き方がずいぶん違う。特に遊女・遊客を覗く人間の姿が『吉原すずめ』は在り来りで平板な印象しか残さないのに対して、西鶴の方は、手招きをする遊女の背中から腰へかけての曲線的ライン、その右、霞柄《かすみがら》の遊女の腹ばいになった姿態など、覗きという行為の臨場感がよく伝わってくる。実に活き活きとした描写である。また、挿絵の空間を仕切っている障子（鴨居）が『吉原すずめ』では覗く側より覗かれる遊女・遊客側により広い空間を提供しているのに対して、『諸艶大鑑』は覗く側に多くの空間を用意している。ここには西鶴が覗かれる人間より覗く人間に重心を置いていることが窺われて興味深い。先に挙げた『諸艶大鑑』巻二の四「男かとおもへば知れぬ人さま」、世之介の遠眼鏡（『一代男』巻一の四）、また『一代男』『諸艶大鑑』全体に見られるように、西鶴は文章において一体に〈覗き〉の趣向を多用するが、それが挿絵になることによってより直截的に表現されたということが出来るだろう。この西鶴の〈覗き〉の姿勢については、西鶴や近世小説の「視覚」の問題とも関わる大きな問題なので、いずれテーマを改めて論じてみたいが、いずれにせよ、ここでの『吉原すずめ』と『諸艶大鑑』巻七の一「惜や姿は隠れ里」の違いは、先に挙げた仮名草子・遊女評判記の挿絵と『諸艶大鑑』巻二の四「男かとおもへば知れぬ人さま」の挿絵との違いとほぼ同じ傾向を示していると言ってよい。

雨中の疾走と壊れた高足駄《たかあしだ》

二つ目は、同じく『諸艶大鑑』巻一の四「心を入て釘付の枕」の挿絵である（次頁）。その下に掲げたのは、寛文十一年（一六七一）刊の仮名草子『私可多咄《しかたばなし》』の挿絵である。『私可多咄』は中川喜雲《なかがわきうん》作で挿絵の画工は菱川師宣《ひしかわもろのぶ》である[4]。挿絵の場面は本文の説明に「遊女は雨ふる時あるひは道あしきには（中略）奴の背にをはれて行かふ」とあって、雨で道がぬかるんだ折の遊女の外出風景である。西鶴の『諸艶大鑑』は吉原の雨

『諸艶大鑑』巻一の四「心を入て釘付の枕」挿絵

『諸艶大鑑』巻一の四（部分）

『私可多咄』巻五（部分）

『私可多咄』巻五（4オ）

中、太夫迎えの情景である。両者、構図・人物配置・状況など極めて似ている点、先に挙げた二つのケースと同じであり、西鶴が『私可多咄』を参照したことまず間違いない［5］。しかし両者、やはり絵そのものの印象が大きく違う。『私可多咄』は人物が皆立ち止まったままであり、前に遊女、後に禿（かぶろ）を背負った奴（六尺）、脇に遣《や》り手らしき女と、太夫の出立に必要な人物を皆描いており、如何にも説明的である。しかし西鶴の絵はそうではない。遊女を背負って雨中を疾走する六尺、傘を掲げて必死に走る六尺、しかも三連で、それぞれ表情も違い、躍動感あふれる絵になっている。六尺たちの息遣いまで聞こえてきそうである。短篇内容も、太夫薄雲《うすぐも》が、自分を背負う角内の袖から六尺に似合わぬ伽羅《きやら》の香がしたことが端緒となって展開するが、挿絵はその発端の持つ静と動を上手く視覚化している。

ちなみに、西鶴の絵の右下に壊れた高足駄が描かれている。これについては従来「酔客のものらしいが、画に一抹の俳趣を添えている」（冨士昭雄［2］）、「そこだけ時間が止まったかのように歯の折れた高足駄が転がっており、大またで急ぎ足の六尺や強い雨脚の動きと緩急をなしている」（平林香織、注［1］のCD解説）と説明されてきた。共に的を射た解説だが、『私可多咄』を見ると、右の遣り手と思しき女が高足駄を履いている。二つの挿絵を並べた時、西鶴が『私可多咄』の挿絵を参照したことを暗に示す符号（あるいは『私可多咄』の説明的・静的な構図に対する西鶴流の揶揄も込められていたか）であったとも考えられるが、これはいささか穿《うが》ち過ぎだろうか。

西鶴の越境力

さて、『諸艶大鑑』の三つの挿絵を中心に、西鶴と西鶴以前の挿絵の違いについて考えを巡らせた。数は三つであるから、これをもって西鶴の挿絵の手法を断定するわけにはゆかないが、一つの傾向は捉えうるものと考える。即ち、先にも指摘したように、仮名草子から浮世草子への文学的変化・成長と同様のものが挿絵においても展開していた可能性がある。では、ここから西鶴という作家を理解する上で、どのような新しい視座を得ることが出来るのだろうか。

この点で最も重要なのは、西鶴の文学的発想とは、テクストを超えたところにあった可能性が高いことである。すなわち、西鶴には元々、人間の心理・性癖を描くことに対する旺盛な、あるいは貪欲な感性が確固としてあって、それが草子というテクストに向かえば、「人は化物」（『西鶴諸国はなし』序）に象徴される赤裸々な人間世界を描き出し、絵に向かえば、今回指摘したような、人間味あふれる躍動的な挿絵を生み出したということである。恐らく、俳諧や〈はなし〉、浄瑠璃においても同様の現象が起きていたと考えて良い。

かつて私は、西鶴の浮世草子の発想を、彼の俳諧や〈はなし〉に求めることを批判したことがあった[6]。それは、そうした考え方自体を認めないというのではなく、西鶴の発想の根源を、浮世草子や俳諧や〈はなし〉という枠組み・スタイルを超えたところにあると感じていたからだが、今回、挿絵という〈ことば〉とは違った芸術世界からも、浮世草子と同様の発想が立ち上がってくることを見て、ますますその感を強めている。

こうした、ジャンルを楽々と超えてくる西鶴の文学的発想を、いま仮に西鶴の越境力と名づけるならば、この越境力は出版に対しても同様に働いたと考えてよい。以前、中嶋隆氏[7]が指摘し、最近も塩村耕氏[8]が強調していることだが、西鶴の出版機構に対して取った自由な、あるいは主体的な態度は、西鶴の文学ジャンルに対して取った態度と軌を一にする。

このように、西鶴が当時使用可能なあらゆるメディア・ジャンルでもって表現を試みていたとすれば、後の近代文学のようなジャンルが確立した世界から、西鶴を照射することは極めて危険である。と同時に、西鶴の発想はジャンルの確立が孤立化・閉塞化に進んでしまった近現代文学の問題点を逆照射してくれるだろう。すなわち、一体に近現代日本の文学は、西欧流のテクスト中心主義・構造主義などの影響もあって「文学」をテクストの枠内に押し込めてしまう傾向があり、また芭蕉や近松の「只此一筋」、「芝居事でくちはつべき覚悟」といったような求道精神が好まれることもあって、なかなか〈ことば〉やジャンルといった形式を超えられない。もちろん、近代以降にも北村透谷の「想世界」(『厭世詩家と女性』)、坂口安吾の「ただ感じる世界」(『FARCEについて』)などの試みもあったが、あくまでも傍流にとどまった。稿者は、現代において文学が衰退した理由の一つをここにみるが[9]、西鶴の越境力は、現代文学の再生を考える際に大きなヒントを与えてくれるはずである。

注

[1] 西鶴筆と呼ばれる挿絵(浮世草子)の真偽が問題になることもあるが、本稿で取り扱う『好色一代男』『諸艶大鑑』については注[2]の解説や天理図書館編『西鶴』(野間光辰解説)など多くの解説が西鶴筆と認定している。稿者もこれに従う。なお、挿絵の引用は、西鶴作品は『西鶴と浮世草子研究』第一号(笠間書院、二〇〇六年六月)所収の西鶴浮世草子全挿絵CDから、仮名草子は近世文学資料類聚・仮名草子編19・一九七七年(『吉原すずめ』)、24・一九七七年(『私可多咄』)、35・一九七八年(『吉原恋の道引』)並びに東大総合図書館本『元のもくあみ物語』を使用した。

[2] 新日本古典文学大系『好色二代男他』(一九九一年、岩波書店)六四・五頁の挿絵解説など。

[3] 篠原進「西鶴というメディア─『大下馬』の毒」(『日本文学』一九九四年十月号)など。なお篠原氏の視点は『日本の古典─江戸文学編』(揖斐高・鈴木健一編、放送大学、二〇〇六年)の第5・6章に分かり易くまとめられている。

[4] 注[2]で冨士昭雄氏ご指摘の仮名草子の二つの挿絵も、この『私可多咄』の挿絵も共に菱川師宣であることが注意

される。師宣は周知のように西鶴の浮世草子の絵本化(『大和絵のこんげん』など)も手がけていて、西鶴と影響を与え合ったと考えられる。この点についてはテーマを改めて論じたい。なお、『私可多咄』の挿絵は師宣のものでないという説も提出されている(佐藤悟「『私可多咄』の画工は菱川師宣に非ず」実践女子大学文学部紀要30、一九八九年)。

[5] なお、ここで指摘した『諸艶大鑑』の二章の挿絵と『吉原すずめ』、『私可多咄』の挿絵の関係は、管見の限りだが従来指摘されてこなかったと思われる。

[6] 拙稿「西鶴のリテラシー」(シオン短期大学『日本文学論叢』21、一九九六年)

[7] 中嶋隆『西鶴と元禄メディア』日本放送出版協会、一九九四年。

[8] 塩村耕「西鶴と出版を考えるために」『西鶴と浮世草子研究』第一号、二〇〇六年六月。

[9] 『リポート笠間47号』シンポジウム「西鶴と浮世草子の研究」(二〇〇六年一一月)における稿者の発言(8、9頁)。

峯尾文世

〈取合せ〉の可能性

――実作のための芭蕉論

今、俳句は愛好者が五百万人、俳句結社の数は千を越すと言われ、文学低迷《ていめい》の趨勢《すうせい》にあって独り活況《かっきょう》を呈している。しかし、実作者たちは多かれ少なかれ閉塞感《へいそく》を抱いてもいる。それは明治から戦後に至るまでに試みられてきた成果をひたすら享受するのみで、そこから脱しようとする具体的な方法がなかなか見えてこないからだ。俳句という詩型の基礎を築いた芭蕉の「取合せ」という方法論を見直すことで、そのヒントを得ることはできないだろうか。実作者の立場から芭蕉作品に接し、その方法が現代に通じうるのかを探っていく。

俳句の実作と芭蕉

何故、俳句を作り続けてゆくのか。たった十七音という短さの中に、森羅万象《しんらばんしょう》を対象として摑《つか》み、摑んだものを削り込んで表現する。その作業は苦しみの連続であるが、なぜその作業を繰り返して俳句にこだわるのか。その自問に逡巡《しゆんじゆん》したあげく、たどり着く答えはいつも一つである。言葉の持つ魅力に憑《と》りつかれているる、ただそれだけなのだと。

言葉は、その言葉が示す事物以外に、言外に様々なイメージを喚起《かんき》させてくれる。そのイメージは一様ではなく、特にその言葉が他の言葉とぶつかりあったとき、様々な様相を呈す。しかも、定型内にそれらの言葉が収まったとき、それは、より鮮明なものとなって表れるのである。

俳句は詩である。詩である以上、そこに詩情を生み出すべく、作らなくてはならない。その方法として、多くの修辞的技法が挙げられるが、芭蕉による取合せは、その具体的方法として、早くから掲げられているものである。というより、俳句という最短の詩型を詩型たらしめた大きな要素の一つと言ってよいであろう。冒頭の「言葉の魅力」も、この方法を実践してこそ認識できるものなのである。

芭蕉の取合せ論

取合せに関しては、

ほ句は物を合《あは》すれば出来《しゆつたい》せり。(『三冊子《さんぞうし》』)

という芭蕉自身の言葉が遺《のこ》されているとともに、それは芭蕉の作品のなかに、多く実践されている。

山里は萬歳《まんざい》遅し梅の花

栗山理一氏は、この句を通じて、取合せは「物を物そのものとして叙するのではなく、物を他の物と連関する姿において捉え」ようとするもの（『芭蕉の芸術観』）〔1〕であるとする。萬歳がまだ来ていないことに気づき、そこで萬歳が来たときの具体的様子が想起される。「萬歳遅し」はその「回想として捉えた萬歳のイメージ」であるという。「梅の花」を実際にみたという「現実的知覚」により、眼前の梅の花を、詩型にそのイメージと「梅の花の現実的知覚」との照応を「取合せ」だとするのである。組み込んだとき、それは季語として、それまで培《つちか》ってきた梅の花の本意《ほい》が意識され、そこに梅の花のイメージが出来上がる。それが「回想として捉えた萬歳のイメージ」と取合せられることになる。読み手は、双方のイメージを読み取るのと同時に、取合せられた上でのイメージをも読み取らねばならないのである。取合せは「想像力に補償を求める誹諧固有の方法」とも指摘している。

また、許六は『俳諧問答《はいかいもんどう》』（元禄一一年〈一六九八〉、去来《きょらい》・許六《きょりく》著）の「自得発明弁」において、「梅が香の取合に、浅黄椀《あさぎわん》、能とり合《あはせ》もの也と案じ出して」として、

梅が香や精進《しやうじん》なますに浅黄椀
梅が香やすへ並べたるあさぎ椀

梅が香のどこともなしに浅黄椀

など、いろいろ試みたあげく、

梅が香や客の鼻には浅黄椀

の句に落ち着いたと説いた。この点について乾裕幸氏は、「浅黄椀」は「梅が香」という題号の中（他の箇所では「曲輪《くるわ》」とも呼ばれている）から想像される「固定化されたイメージや常識的思考」の及ぶ「梅が香のポルテ（射程圏外距離内）の外から呼び込まれた」ものであるとする。作り手がポルテの外側から他の素材を斡旋《あっせん》してきて、初めて取合せは成立し、それは作り手の「想像力の解放」を齎《もたら》すものであるとしているのである。

（『ことばの内なる芭蕉』）［2］

取合せの効果

明ぼのや白魚《しらうを》しろきこと一寸

雪薄し白魚しろきこと一寸

後句が推敲《すいこう》され、前句に収まったことが、『去来抄《きょらいしょう》』に伝えられている。或いは

草臥《くたび》れて宿かるころや藤の花
ほととぎす宿かる比《ころ》の藤の花

こちらも後句が初案《しょあん》である。初案共に取合せが実践されているなかでの推敲であり、成句《せいく》においても取合せがはっきりとなされている。初案による詩的空間が推敲後、いかに変化したかを読み取ることで、そこに取合せの効果が見えてくるのではないかと思う。

まず、「明ぼのや」の句だが、初案の「雪薄し」には、うっすらと積もった雪と一寸という短さの白魚の白が照応される。「雪薄し」に桑名《くわな》のまだ薄暗い浜の景が導き出され、そこに打ちあげられた白魚の白が、その雪の白さにかなうかのようにわずかに加えられる。「薄し」と「一寸」という素材の微細《びさい》な一面を取り上げ白という色を表そうとしたのであろうか。非常に平面的な描写でもある。そこに広がる静けさはそのまま寒さへとつながり、句は非常におとなしいものとなっている。

それに比べて、「明ぼのや」の句は、まずそこに上五の広大な景の広がりとわずか一寸あまりの白魚の対比が鮮明になされる。景そのものが立体的である。しかもようやく白み始めたころのわずかな光の中にある「一寸」の「しろ」である。打ち上げられたばかりの水に濡れたそれは、ときに透明感をも感じさせながら、より深い「しろ」が期待される。そして、一日のはじまろうとする天地の息遣《いきづか》いに応えるかのように、白魚の清やかないのちがある。「一寸」に、「白魚」の確かないのちが描き出されているのである。「明ぼのや」という上五《かみご》だけの推敲ではあるが、それによって、「しろき」はより深い白が要求され、「一寸」という短さの意味が明確になっているのである。調和に比べ対比という方法が、一語一語により深みを与えていることがわかる。

次に「草臥れて」の句について。初案「ほととぎす宿かる比の藤の花」は、「ほととぎす」と「藤の花」の取合せであるが、まず、その情趣の重なりに句の焦点が鈍ってしまう。「宿かる比の藤の花」とはおそらく夕《ゆう》刻《こく》の藤の花の姿をいうのであろうが、「宿かる比」と限定することによって、藤の花にどのような姿を期待するのか。ただ時刻の限定をしているだけのものに過ぎないのではないだろうか。そして、その時刻の姿とほととぎすの音色、共にその情趣《じょうしゅ》のよろしさは認められるものの、では、それが果たしてお互いの情趣を高め、響き合う関係であるか、というと、大いに疑念が残るのである。

推敲によって、まず「藤の花」の姿が眼前に見えてくる。と同時に「草臥て宿かる比」の措辞に夕刻の景、ようやく宿に着いたという作り手のけだるさ等が浮かぶ。その「藤の花」の姿はその情況を具象的に表しているかのように映ったのだろう。

また、「比や」という漠然《ばくぜん》とした表現によって、句全体はそのけだるさに包み込まれる一方、「や」による切れにより、「藤の花」が独立され、その姿がはっきりと見えてくる。藤の花の姿を具体的に表す措辞《そじ》が何もないことが、返って、よりはっきりとした姿を描き出させるのである。読み手側は、その藤の花の色、房の垂れている様子等をより克明《こくめい》に描き出さなければ、「や」で切られたことによるこの取合せの効果を見出すことができないのである。

この二句の推敲をみただけでも、取合せる関係を突き放すことにより、素材同士が凭《もた》れ合うことなく、それぞれが一句のなかで独立し、句中における位置もはっきりしてくることがわかる。しかもそこにより深い意味が齎されているのである。芭蕉は推敲によって、素材一つ一つ、斡旋してくる一語一語に意味を持たせていた。イメージの深化を図り、その詩的空間をより広げんとしていったのである。当然読む側も、その意図を汲《く》まなくてはならない。先の乾氏の言葉を借りるならば、作り手の想像力の開放と共に、読み手側も想像力を開放しなければ、芭蕉の句は読みきれなかったのである。

実感としての季語

初期俳諧の季語が、季の詞《ことば》という語をもって、主に題目として用いられていたことは既に指摘されているところである［3］。句はその題目としての季語の持つ和歌・連歌を通して培われた本意を損《そこ》なうことなく、多く付合語を伴って、言葉遊び的に作られていった。

『山之井《やまのい》』（季吟《きぎん》著・正保五年〈一六四八〉刊）における時雨《しぐれ》の項は、

足はやき雲や時雨のさきばしり
山うばが尿やしぐれの山めぐり

の二句が載るが、時雨の本意としての音もなく静かに降り通りすぐさまを捉えながらも、二句めにおいては「山うばが尿」という所謂俳諧付がなされている。談林《だんりん》期にいたると、より遊戯性が強くなるわけだが、季語は本意を前提に、時にその色や形状等の一端を誇張することなどをして捉えられていた。いずれにしろ、季語は知的に処理される机上のものであったのである。

初学《しょがく》のころ貞門《ていもん》・談林俳諧に触れた芭蕉ではあるが、作句《さっく》にあたって、題詠《だいえい》という方法をあまりとること

をせず、

松の事は松に習へ、竹の事は竹に習へ。　（『三冊子』）

という言葉を遺《のこ》しているように、実際に見るという行為を大切にしていたことは言うまでもない。旅という方法が、季語を机上から解放し、自らの眼で見、把握することとなった要因の一つであったのであろうことは十分考えられることである。眼に映る季語は、本意のイメージから逃れた実在の藤の花であり、菊の香である。そしてそれが十七音の型に嵌《は》められたときはじめて本意のイメージが呼び出されるのである。

旅人のこゝろにも似よ椎《しい》の花
秋の色ぬか味噌《みそ》つぼもなかりけり
菊の香やならには古き佛達《ほとけ》

貞門・談林期との違いは明らかである。季語は実在の姿に本意本情《ほいほんじょう》をふまえたものとして表れ、その重層性は、他との素材との距離をもって、改めて深く感じられることになる。そこに切れを齎す必要性もおのずと出てくるのであろう。貞門期の「山うばが尿や」における切れが素材の展開をはかるべく用いられたものに過ぎないのに対し、その切れはより深く、むしろ素材と素材を引き離すための切れであることが見えてくるのである。

そして読み手は、切れによって何も語られない季語を、他の素材とのイメージ、句毎の景気を踏まえたイメージをもって、捉えなくてはいけない。作り手の見るという行為によって、言葉に重層性を帯びることになり、読み手は、ますます読むことの難しさを強いられたのではないだろうか。

自己の表現

実際にものを捉え、ものを通して句を成す、という姿勢は、また一方で、物我一如という言葉などをもって表されているようである。作り手が私意を捨てて対象と一体となるべきであることをいうが、句に表れる事物は、芭蕉が体得《たいとく》した上で用いられてくる素材であり、季語である。自己はその対象を通して初めて存在するのである。

対象と自己との関係を考えるとき、芭蕉のそれは、和歌における素材に託した吐露《とろ》ともいうべき、強くはっきりとした情感の表出とは全く違う。芭蕉は自己を直截《ちょくせつ》に語ることはしない。作品のなかにおける自己の位置というものを考えるなら、まず、そうした和歌における情感の表出が長く続いた後、貞門・談林期においては、その存在を一切排《はい》され、言葉の上の遊びに終始する。そして、芭蕉により再び意識されたのである。

とは言え、そこにおける自己は、あくまでもひたすら自然に向かうものであり、時代のなか、或いは社会全体やその思想のなかにおいてその存在を確かめるというものではない。そうした自己を追求する姿勢は、近代まで待たなくてはならない。ただ、自己を直截に語ることなく、自己を物に託し、物を通して語るという点においては、近代へ通じるものがあったのではないかと思う。次に触れるように、だからこそ加藤楸邨《かとうしゅうそん》は、芭蕉を体得せんとしたのである。

芭蕉から学ぶべきこと

芭蕉以後、多くの俳人達によって芭蕉受容が試みられた。例えば、楸邨は、それまでの写生という行き方に「精神的飢え」を感じ、「単に反射的現実をそのまま詠んでいくという詠み方ではなくて、より厚みのある、もののなかへ浸透していくような詠み方をやろう」と「自分の痩せを何とかするために芭蕉の姿勢を学びたいと思った」（『詩人の生涯　芭蕉の本2』）［4］とある。そのために、芭蕉のその求道者としての姿勢を吸収しようとしたということを後年になって語っている。楸邨の芭蕉研究の発表は、「鰯雲《いわしぐも》人に告ぐべきことならず」の句を中心に難解とされ、所謂《いわゆる》人間探求派と称されたそのわずか数年後である。

また、新興俳句運動の只中、十代という若さで彗星《すいせい》のごとく登場した三橋敏雄《みつはしとしお》は、「俳句形式の短さは運命的である。僅々十七字足らずの措辞に依《よ》って決定される聯想《れんそう》範囲に社会性を求めるならば、ある特定の時代的背景に頼りそれを要素とすることによって、満たされぬ意欲を諦観《ていかん》の表情に保つみじめさであった。」とし、「私に於ける新興俳句の志向を一時的にも断念し、それ迄の私にとつては未知の、古典の表現力を、初心に帰って身に附けたいと考へ初めた訳である。」（『青の中』後記）［5］と語る。具体的には先人の句を書き写すことなどをして、主にその骨法《こつぽう》を身につけていったようだが、「私が新興俳句から学んだものを重ねての、いわば古典的表現の成果らしいものの一つに、昭和二十年作の、いっせいに柱の燃ゆる都かな　がある。」（『現代俳句全集四』）［6］と、そこに自らの成果を認めている。

およそ昭和初期以降、多くの若者達が、その時代或いは思想のなかにおける個の存在を追求しようとする内的欲求の強さと十七音という定型との葛藤に苦しめられていたわけであるが、その中でそれぞれが独自の観点で芭蕉を把握せんと取り組んでいったのである。

では、現在の作り手たちは、今、芭蕉から何を学ぶことができるだろうか。

俳誌「豈《あに》」（平成一八年三月号）において組まれた特集「戦後六十年の俳句表現」及び「俳句で何を新たに表現するか」は誠に興味深いものであった。戦後表現されてきた俳句の方法の検証と、今、これから、われわれが何をめざしていくべきか、ということである。その中で宗田安正氏は、昭和四十年以降を語るにあたり、

> 高度経済成長からバブル経済への進展は、表現主体そのものの変質と溶解を招き、何を書くか（テーマ探し）から始めなくてはならなくなる。近代の終焉《しゅうえん》である。その分岐点《ぶんきてん》を戦後生まれ世代の摂津幸彦《せっつゆきひこ》に見る。彼は俳句を近代的主体の表現の器から表現するものを探索する器に組み替えた［7］。

という。そして、その言葉と呼応するかのように、「「俳句で何を新たに表現するか」ということについてはかなり以前に興味をなくしている。自分には書きたいものは何もない。」という谷佳紀氏の言葉があるのだが、これには妙に納得してしまう。確かに、俳句という詩型をもって、何を表現しようとしているのか、一貫したテーマはないのである。およそどれほどの現代の作家がそこに確固たるテーマを持って、作句にあたっているか、といえば、それは非常に心許無い。

ただ、言うまでもなく俳句は詩である。何を表現しようか探っていくにしても、それは言葉をもってするしかないのである。そこに選択される言葉一つ一つの重さを改めて認識し、その言外におけるイメージを意識していくしかない。そして、そこにいかなる詩的空間が生れるかを探りつづけることが、そのまま何を表

現せんとするかという問いかけへの答えになっていくのである。

関係の遠さ

芭蕉が取合せを実践するにあたって、どのような効果を期待していたかは、これまで述べてきた通りである。単に素材を取合せるだけではなく、その素材一つ一つに重きをおきながら、季語の持つ重層性や十七音における切れの深さをもって、その取合せの効果を高めんとしていたことにも触れてきた。これらは全て言外におけるイメージをより深く、広くするための手段である。そして読み手は、芭蕉のその意図を読み取ることを求められていたのである。では、芭蕉が実践した取合せを、当初、どれほどの門人達が理解できたであろうか。

下京《しもぎやう》や雪つむ上のよるの雨　凡兆《ぼんちよう》

の句における「下京や」の斡旋《あつせん》に対する芭蕉の、「兆、汝手柄《てがら》に此《この》冠を置《おく》べし。若《もし》まさる物あらば、我二度《ふたたび》俳諧をいふべからず」という言葉があるが、去来はそれに対し、「此《この》五文字のよき事はたれたれもしり侍れど、是ノ外にあるまじとは、いかでかしり侍らん。」（『去来抄』）としており、芭蕉が「二度俳諧をいふべからず」とまでいう「下京や」の絶対性について完全に理解していたとは思えない。去来は芭蕉の持つ「下京」のイメージを把握しきれていなかったのであろう。従ってそこに生じた詩的空間の深さも当然摑みきれなかったに違いない。

詩の世界は関係的である。

異なった二つのものが一つのものに調和されている関係が詩である。

（中略）

詩はこの異常な関係をさがすことである。

この異常な関係のことをポオドレエルなどは超自然でありイロニイというのである。

（「現代詩の意義」『斜塔《しゃとう》の迷信』）［8］

詩人西脇順三郎《にしわきじゅんざぶろう》の言葉である。西脇は十九世紀のヨーロッパ詩人ボードレールの詩論を大きな軸の一つとして自身の論を展開していった。それは芭蕉の句に対しても例外ではない。右の主張のもと、芭蕉の句を「おどけ」「もじり」などの言葉を通して説いているのは周知の通りである［9］。

ここにおける主張が、芭蕉の取合せ論に通じるところがあることは自明である。十九世紀のヨーロッパ詩人と十七世紀の芭蕉の詩的方法が似ていること自体、大変興味深いが、取合せという方法が、詩的方法として、決して特異なものではなく、他の時代においても多く実践されてきたことは充分に想像できる。そして西脇は次のような言葉も述べているのである。


詩は言葉を使用して表現するのであるが、言葉は詩ではない。

（中略）

詩として存在するためにはある関係に立たなければならない。それは遠いものを連結し、近いものを切

断し、あらゆる連想を避ける関係が詩的関係である。（「永遠への仮説」）〔10〕

芭蕉の教えがその門人達にどれほどの正確に把握されていたかは、先の例でも明らかなように、若干の疑問が残る。取合せに限らず、他の理念においても、それが充分に理解されていなかったことは、門人達の言葉のなかに遺されているのである〔11〕。

また、楸邨が難解派とも呼ばれた「鰯雲人に告ぐべきことならず」の句においても、「人に告ぐべきことならず」という述懐のごとき措辞は読み手に何ら具象《ぐしょう》を齎さない。そこに「鰯雲」が冠《かん》されているだけである。西東三鬼《さいとうさんき》の言葉を借りれば、「銅像の様にポーズを採」っているのである〔12〕。心理的な言葉を用いての措辞に慣れていない上に、深い切れをもって季語が斡旋されたのである。およそ当時の「馬酔木《あしび》」の人々には理解しがたいものであったのであろう。だからこそ、難解派と呼ばれたのである。

ここに掲げた西脇の言うところの「遠いものを連結」するという作業は、そこに遠い関係を求めれば求めるほど、読み手に理解されにくいものとなり、その新しい試みは拒否されがちになる。だが、その遠さこそが、詩的空間に更なる可能性を与えてくれるものなのである。そして、作り手がその試みを続けることで、新たなる詩的空間を生み出す可能性が出てくるのではないだろうか。

取合せの可能性

また西脇はこのような主張もしている。

詩には実体というものがない。関係は実体ではない。詩はAでもなく、Bでもない。ただAとBとの関係に詩が発足され得るものである。「犬が走る」という例を出せば、詩は「犬」でもなく「走る」でもなく。むしろ詩は「が」に成立し得る。

（「永遠への仮説」）

ここで注意しなければならないのは、西脇がAもBも〈もの〉に限定していないことである。取合せは常に素材を通して考えられていたが、ここでBを「走る」という動詞をその関係付の対象としているのである。芭蕉の句を論じるにあたっても、「ピカソも芸術について言っているが、芸術は「捜す」のではなく、発見することだ。」とした上で、「閑《しづか》や岩にしみ入る蟬《せみ》の声」に対し、「「声が岩にしみ入る」というのは超自然で芭蕉には新しい関係を発見したこと」になるとし、或いは、「五月雨《さみだれ》を集めて早し最上川《もがみがわ》」に対しては、「さみだれは文語」であり「集めては普通の日常語」「早しは文語」であり、「語と語との関係を乱す」ことによって「おどける」という[13]。

西脇はこの時点において、単に素材と素材の関係においてだけでなく、言葉と言葉の関係においての取合せを認めており、そこには芭蕉の説くところの取合せを飛躍させた認識があるのだが、こうした認識は現代における句においても、しばし散見されるのである。

階段の無くて日暮の海鼠《なまこ》かな　橋《はし》閒石《かんせき》

露地裏《ろじうら》を夜汽車と思ふ金魚かな　摂津幸彦

いずれも鑑賞に困るものの、非常に魅力的な句でもある。その魅力は、その鑑賞が具体的に表現できないからこそそのものと言ってもよいであろう。

閒石の句は、まずいくつかの景を描き出すことができる。階段を海に続く階段としてもよいし、家屋のそれとしてもよい。だが、いずれにしろ階段がないことの浮遊感が、「日暮の海鼠」の色や形態に通じるのである。「無くて」のあとの深い切れが、その浮遊感を句全体に包み込むかのようであり、「海鼠」もまた、それに応えるかのような姿となって、読み手の前に現れる。しかもそこに因果関係があるような表現がとられているところに、読み手はますます不可思議さを感じるのである。

摂津の句に対する鑑賞の難しさを多くのものが感じるであろう。この句も字面のまま、文法のまま素直に「露地裏を夜汽車と思ふ」と「金魚」との取合せと考えると、具体的に説明できなくなる。第一、「露地裏」を「夜汽車」と思うということ自体どういうことかわからなくなる。だからこそ、この句は多くの光景が想像され、様々な鑑賞がなされてきたわけだが、追悼文集に摂津が「ろじ」という「ひたすら長いカウンターだけで黒一色の内装」の老舗のバーをことのほか愛していた、ということが紹介されるに至り、ようやく「露地裏を夜汽車と思ふ」の具体的な鑑賞が可能になる[14]。

だが、おそらく、摂津自身は、こうしたバーの存在をこの句の背景に求めてはいなかったであろう。「露地裏」「夜汽車」「金魚」というそれぞれの言葉を十七音の型に収め、構築していくことで、何かを表現しようとしていたのである。

幸彦の俳句は、言葉をまず日常的な文脈から切り離し、その単一の意味としての機能を停止させる。

（中略）

幸彦の俳句は、まず言葉から出発する。これは彼の一貫したモチーフである。ある言葉に興味を示すと、その言葉を日常的な文脈から外へ連れ出し、俳句という形式のなかで未知の言葉と邂逅《かいこう》させる。

（「摂津幸彦論　ザ・ビギニング・アンド・ジ・エンド前」）［15］

と仁平勝氏は指摘する。先に述べたように宗田氏は摂津を「俳句を近代的主体の表現の器から表現するものを探索する器に組み替えた」作家であるとしたが、表現するものを探索せんとするとき、摂津はこうした言葉の構築によって、それを成さんとしたのである。

これらをみてきてもわかるように、取合せという方法が、単なる素材と素材との取合せではなく、措辞とのそれ、或いは、眼前から導いた素材という役割を持たせない一つの言葉と言葉のそれとしてなされているのである。西脇の認識を更に発展させたものとなっている。そしてそこには、これまでに遭遇《そうぐう》したことも無い詩的空間がある。それはあまりに衝撃的なものであり、その空間を演出する取合せという方法に否《いや》が応《おう》でも大いなる可能性を感じるのである。

言葉の熟成とともに

今この時代に取合せを意識するとしても、芭蕉の用いた素材をそのまま求めても仕方がない。芭蕉がどのような素材を用い、その取合せとしてどのような素材を斡旋してきたか、ということを真似してもまったく意味はない。「草臥れて宿かるころ」という事象がそのままこの時代の詩的契機《けいき》になり得るべくもない。言葉は時代と共に変化し、熟成していくものである。

楸邨の「鰯雲」は「人に告ぐべきことならず」との関連付けるにあたっての絶対的な理由は何ら述べられることはなかった。だが多くの論評が試みられることで、不確かな理由のなかにも、その「鰯雲」と「人に告ぐべきことならず」という述懐とが徐々に似つかわしき取合せとして固定化されていった。読み手は楸邨のこの句によって、楸邨の「鰯雲」という詩的体験を余儀なくされ、その体験を踏まえた新しいイメージの鰯雲を捉えるのである。

さらに時代が進めば、またそこに新たな鰯雲が加味されない限り、その鰯雲は因習《いんしゅう》化される。やがて閉塞感さえ生じてくるであろう。いや、実は既に生じているのかもしれない。だからこそ、次の時代の作り手によって、「鰯雲」による取合せの試みがなされなければならない。そうすることでこの言葉は更に熟成《じゅくせい》し、新たな鰯雲となるのである。

そして取合せるべき関係が遠ければ遠いほど、読み手にとって、その鑑賞は困難になるものであるが、それが、作り手の言葉の持つイメージを打ち破る試みであるとするならば、読み手側もそれに応えるかのように、それまでのその言葉に対する固定観念に捉われることなく、言葉に接していかなくてはならない。作り手と読み手のその行為の繰り返しが言葉の変化・熟成の起因となるのである。そしてそれは、先に指摘した新たな詩的空間を生み出す可能性へともつながってもいるのである。

その時代時代の言葉を用い、これまでみて来たような、取合せるべきものの関係の遠さ、或いは、素材にとらわれない十七音という詩型のなかにおける言葉と言葉の関係性の構築等などをもってすれば、取合せという方法は時代を超えて、いかようにも生かすことはできるのである。

キューピーの翼《つばさ》小さしみなみかぜ　髙柳《たかやなぎ》克弘《かつひろ》
雷《かみなり》の来さうな石を拾ふなり　鴇田《ときた》智哉《ともや》
時間にも凪《なぎ》そのときの茄子《なす》の苗　依光陽子《よりみつようこ》

現俳壇で注目される二十代から四十代の作り手達の句である。これらの取合せの試みは、また新たな詩的空間を描き出してくれているのではないかと思う。そこに衝撃的な空間の表出はない。だが、こうした意識的な試みが、少しずつ言葉に新たなるイメージを与えてくれていくことになるのではないだろうか。

俳句に何を表現しようとするか、今の時代にそれは容易に見つかるものではない。ただ、十七音という短詩型に携わる限り、それは意識し続けなくてはならないものであり、言葉の生み出す詩的空間の表出によって、求め続けなければならないものなのである。

注

［1］栗山理一著「「取合せ」と「一物仕立」」（『芭蕉の芸術観』永田書房、一九八一年）
［2］乾裕幸著「《取合せ》の論」（『ことばの内なる芭蕉』未来社、一九八一年）
［3］復本一郎著「季吟著『山之井』における「題目」の意味—季題論序説・その1—」（『俳句源流考—俳諧発句論の試み—』愛媛新聞社、二〇〇〇年）
［4］「座談会　芭蕉の俳句」（『詩人の生涯　芭蕉の本2』角川書店、一九七〇年）
［5］句集『青の中』（コーベブックス、一九七七年）
［6］「自作ノート」（『現代俳句全集四』立風書房、一九七七年）

[7]「超克から享受へ―戦後60年の俳句表現の見取図―」（「豈」、二〇〇六年三月号）

[8] 西脇順三郎著「現代詩の意義」（『斜塔の迷信―詩論集』恒文社、一九九六年）

[9]「はせをの芸術」（『発想と表現　芭蕉の本4』角川書店、一九七〇年）

[10] 西脇順三郎著「永遠の仮説」（『斜塔の迷信―詩論集』恒文社、一九九六年）

[11] 例えば、『去来抄』に『猿蓑』撰時における

病鴈《びやうがん》のよさむに落《おち》て旅ね哉　ばせを

あまのやは小海老《こえび》にまじるいとゞかな　同

の二句に対する凡兆と去来の論じ合いがある。それに対する「病鴈を小海老などと同じごとく論じけり」とした芭蕉の言葉はよく問題とされるところだが、芭蕉が堅田の蜑の家における風情の把握の方法がまったく違うことに気づかない二人を嘆いたのであろうことは、十分想像できる。

また同じ『去来抄』において去来は、「梅の花あかいはあかいはあかいはな　惟然」の句に対し、「惟然坊がいまの風、大かた是《こ》の類《たぐひ》也。是等《これら》は句とは見えず。（中略）俳諧は季（気）先を以て無分別に作すべしとの給ひ、又この後いよいよ風体《ふうてい》かろからんなどと、の給ひける事を聞《きき》まどひ、我が得手《えて》にひきかけ」と、「軽み」に対する誤った理解を批難している。

許六による『俳諧問答』には「さび・しほりは風雅の大切にしてわするべからざるものなり。然ども、随分の作者も、句々さび・しほりを得がたからん。ただ先師のみ此あり」とある。

芭蕉が指導書というものを一冊も遺さず、門人達への指導が対機説法によるものであったことで、芭蕉の教えというものは、芭蕉の句そのものと、弟子たちが書き記した芭蕉の片言隻句を通してしか知ることはできない。今、我々が芭蕉の全体像や詳細な俳論を知り得るのは、長年にわたって、多くの人々が携わってきた芭蕉研究があるからである。だが当時の門人たちは、その一人一人が断片的な芭蕉しか知り得ない。しかも教えの伝達方法は、主に口伝である。口伝は、多くの者を介すれば介するほど、伝えんとする者の主観が無意識のうちに組み込まれ、その情報は徐々に歪んでい

く。そして、たとえ伝わったとしても、当時の人々の間に一つ一つの言語に対しての確かな共通認識が得られていたとも思えず、その教えが正しく受け継がれていくことは、およそ困難だったのではないだろうか。

［12］「難解派の人々」（「俳句研究」一九三九年一一月号）
［13］［9］に同じ。
［14］「「金魚論争」伝説　大井恒行」（『俳句幻景　摂津幸彦全文集』近衛ロンド、一九九九年）
［15］「摂津幸彦論　ザ・ビギニング・アンド・ジ・エンド前」（「俳句研究」二〇〇五年一月号）

神作研一

元禄上方地下の歌学

——金勝慶安の場合

江戸前期、上方地下《かみがたじげ》の様態《ようたい》は実に「混沌」としていた。むろん、その主貌《しゅぼう》は、点者《てんじゃ》として地方の武家や在地資本家《ざいちしほんか》に歌学を伝えることにあったが、と同時に歌書《かしょ》の書写・収集・伝授、もしくは注釈や出版にも出精《しゅつせい》し、なおその活動の領域はしばしば和歌を「逸脱」した。すなわち、ある時は積極的に俳諧に降り、またある時は花道や茶道に遊び、さらには神道や仏教などの諸学に精通した者も少なくない。今、ここには、これまで名のみ知られながらも実態が不分明であった歌人金勝慶安《こんぜけいあん》について、広域にわたる事績を追跡し、さらには新出の添削資料を分析してその歌学を明らかにする。

金勝慶安とは何者か

コンゼケイアン。本姓、源。青地氏。名、郷高。通称、藤九郎。入道と称す。俳号、任佗。近江国太田郷(現滋賀県栗太郡《くりた》)の人。「金勝」を名乗るのは、同郷金勝村《こんぜむら》の出身に因むか。また、「慶安」は元号に因むか。父は、法橋《ほっきょう》青地高正。慶安元年(一六四八)生、享保一四年(一七二九)五月九日没、八二歳。京都の西大谷墓地に眠る[1]。

彼は、貞門《ていもん》・談林《だんりん》両派の論争の仲介を試みた俳論書『二つ盃《ふたさかずき》』(延宝八年〈一六八〇〉刊)の著を以て俳文学史にその名を留めるが、本業は医者であり〈『二つ盃』奥。一説に、近江法正寺《ほうしょうじ》(東本願寺派)住職とも〉、何より自らは二条派《にじょうは》の歌人と自負していたらしい〈墓誌に「受二条家歌道」と刻まれる〉。歌門《かもん》には、かの寺田重徳《じゅうとく》[2]ほか三〇余名が確認され〈元禄九年(一六九六)刊『ねざめの友《とも》』〉、赤穂義士《あこうぎし》の一人小野寺秀和《おのでらひでかず》夫妻もまたその門人だったという〈寛政二年(一七九〇)刊『近世畸人伝《きじんでん》』巻二〉。若き日の慶安は、望月長孝《ちょうこう》と山本西武《さいむ》に師事して幾つかの伝授を受けた[3]ものの、自らまとまった歌書《かしょ》を公刊しなかったこともあって、その歌人としての活動の実態は従来全く知られぬままであった。

本稿で紹介・分析するのは慶安加点《かてん》の和歌詠草《えいそう》(四点。すべて正徳年間〈一七一一—一六〉)で、いずれも美濃国加治田《かじた》の豪商平井家に伝わったもの。具体的な慶安の歌学が知られる、今のところ唯一の資料である。平井家歴代の文芸活動と旧蔵書全般に関しては先に目録を編刊し[4]、慶安を含む上方地下《かみがたじげ》たちによる添削の特徴については既に小論をまとめた[5]ものの、なお彼らの詠歌作法《さほう》を丁寧に見定めるべく、ここには特に慶安加点の四つの詠草に絞って、それらを点者《てんじゃ》側(すなわち慶安側)から読み解くことにより、彼の歌学の一端を窺うこととしたい。

その後の慶安　―歌事点綴《かじてんてい》―

『二つ盃』について、早く、乾裕幸氏は、「趣向《しゅこう》の奇抜（高政《たかまさ》『俳諧中庸姿《つねのすがた》』と随流《ずいりゅう》『誹諧破邪顕正《はいかいはじゃけんしょう》』の争いを宗論《しゅうろん》に見立てたこと」にもかかわらず、その所論には聞くべきものがある」と述べ、著者「金勝入道某」について、「新旧いずれにも偏らぬ論の内容からみて、俳壇と利害関係を有さぬ文化人（あるいはアマチュアの歌人・連歌師か）であろう」［6］と推測された。首肯《しゅこう》すべき卓説《たくせつ》であった。すなわち慶安は、一応は貞徳《ていとく》から点者としての免許を得たようだが（随流『貞徳永代記《えいたいき》』元禄五年〈一六九二〉刊）、それは「かなり形式的なものであった」［7］らしく、当代の俳書《はいしょ》にも入集した形跡がほとんど見られないから、第三者的な立場を強く印象づけるこの書の編刊は、やはり歌人慶安にとっては余事に近かったのではないか。

さて、慶安が長孝・西武と接点を持つのは寛文（一六六一 - 七三）頃、それは、『百人一首口決抄《くけつしょう》』（寛文五年二月五日、長孝から）や『連歌三箇伝授《さんこのでんじゅ》』（同八年一月一八日、西武から）、『手爾葉大概抄《てにはたいがいしょう》』（同年三月一八日、長孝から）等の伝書《でんしょ》の存在により裏付けられる［8］。彼がどのようにして両師に出会ったのかはわからないが、一八歳（寛文五年）にして伝書を附与されるというのはいかにも早熟であろう。遺憾ながら、資料不足ゆえに、初学期の彼の事績をこれ以上知ることはできないけれども、三三歳（延宝八年）での『二つ盃』の著を経て、なお継続して晩年に至るまで文事に勤《いそ》しんだ如くである。ついては、『二つ盃』以後の慶安の主たる動向を辿っておこう。

先ずは歌学から。

『詞寄《ことばよせ》』という写本がある（外題《げだい》「二条家聞書《にじょうけききがき》」。宮内庁書陵部蔵鷹司《たかつかさ》本・横小一冊）。いろは順の歌語《かご》の解説集で、例えば巻頭には、「いはど柏　岩也。神代ノ古事也。石ヲ玉柏トモ云。　いみ竹　かも祭のらち也。　いもがゐ　妹が家也」などと見える。右の通り説明は至って簡素だが、項目数が千七百以上と甚だ多く、実用的だ。「ヱグノ若な」（好忠《よしただ》集・七）など難語・稀語の類も多く収載されており、また書中にしばしば「御伝受に…」との文言が見出されることも興味深い。奥書《おくがき》には「二条家御伝授之書／牡丹花七世之哥伝源郷高／慶安先生相伝也／松浦祐慶（印「松浦／氏」）（印「祐／慶」）」とあり、数丁をはさんで再び「二条家御伝授詞寄／源慶安集之奥秘／書也不可他見／祐慶（印「祐／慶」）」と現れるので、二条家の伝書を金勝慶安が相伝し、それを松浦《まつら》祐慶が（江戸中期）に書写したものと判る。松浦祐慶は、宮川松堅《しょうけん》門の地下《じげ》二条派歌人。父は美久、子の寛舟《かんしゅう》も歌人である［9］。なお、慶安の「相伝」時期は不明ながら、今は仮に壮年期の所為《しょい》と考えておく。

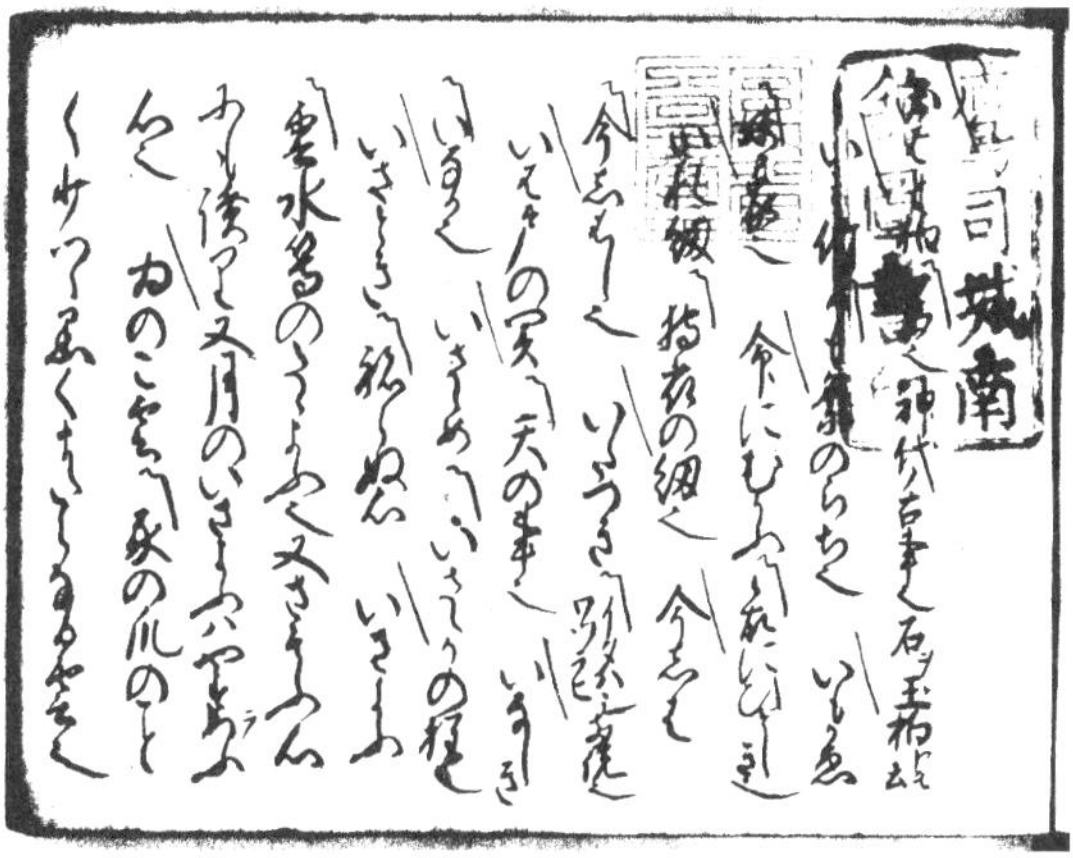

宮内庁書陵部蔵『詞寄』巻頭

　次いで特記すべきは、『手爾葉大概抄・手爾葉大概抄之抄《のしょう》』の講釈である。該書《がいしょ》は偽書《ぎしょ》（各々定家《ていか》と宗祇《そうぎ》に仮託《かたく》される）だが、和歌系のテニハ秘伝書として長孝の周辺で広く流布したもの［10］。遠藤和夫氏蔵の一本（未見）はその加注本《かちゅうぼん》で、享保七年（一七二二）に西村寛之（伝未詳）が講釈したものというが、注《ちゅう》

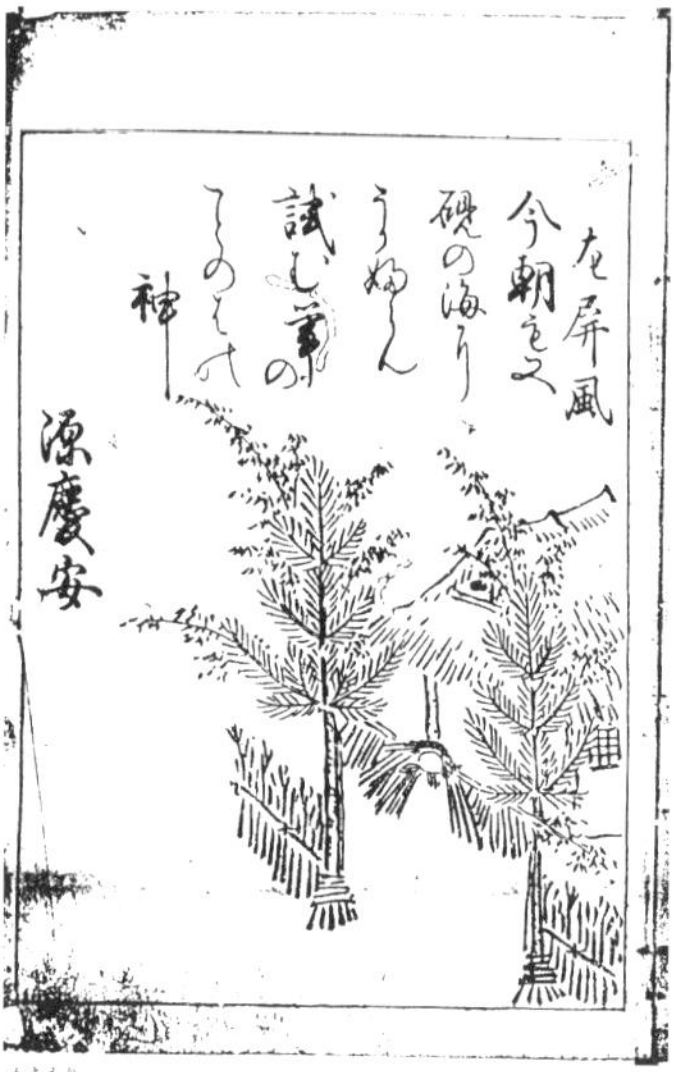

右屏風
今朝も又
硯の海に
うかふらん
試む筆の
ことのはの
神
源慶安

柿衛《かきもり》文庫蔵『ねざめの友』巻頭

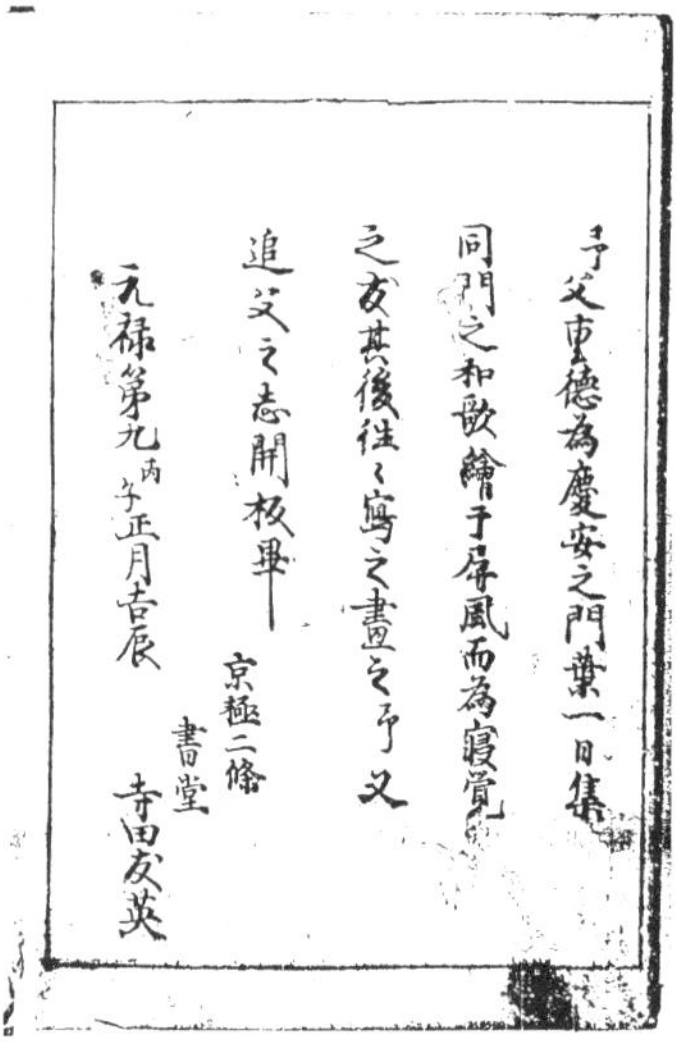

予父重徳為慶安之門葉一日集
同門之和歌絵于屏風而為寝覚
之友其後往々写之畫之予又
追父之志開板畢
京極二條
書堂
寺田友英
元禄第九丙子正月吉辰

同　跋および刊記

文《ぶん》は、享保二年（七〇歳）と同六年冬の両度にわたって慶安から受けたてには伝授の聞書《ききがき》に基づくのだという［11］。慶安は、これに先立つ寛文八年（二二歳）には既に該書を師長孝から附与されているから、その後こうした講釈（テニハ伝授）を歌門の誰それに折々に行っていた可能性がある。新たな伝本の出現を期待したい。

『ねざめの友』（元禄九年〈一六九六〉刊）は寺田重徳の追善歌集で、その息友英の編刊にかかるもの［12］。半紙本一冊。刊記は「元禄第九丙子正月吉辰／京極二条／書堂／寺田友英」（正徳六年岡権兵衛版の後印本《こういんぼん》もあるというが、未見）。巻頭には慶安歌「今朝も又硯《すずり》の海にうかぶらん試《こころ》む筆のことのはの神」が置かれ、収載歌は都合三六首。左右一八首ずつを、毎半葉《まいはんよう》一人一首、長谷川等碩《とうせき》の絵とともに掲出する。北向雲《きたむきうん》竹《ちく》の版下《はんした》ともども、瀟洒《しょうしゃ》な趣きを持った、たいへんに美しい一書である。友英の跋（「予父重徳為慶安之門葉一日集／同門之和歌絵于屏風而為寝覚／之友其後往々写之画之予又／追父之志開板畢」）に拠れば、収載された和歌はすべて慶安一門の由。その人々——源慶安・安養寺正長・女登世・山口友玄・声誉上人・家城定教・牧定直・法橋広安・尼貞心・里村信秀・女土佐・杉重春・土橋通広・聴誉上人・法橋高正〔慶安父〕・弁慶宗重・幽見法師・尼妙行・柘植光重・藤秀和〔小野寺十内〕・霜降重員・尼妙長・法印顕恵・野口祐甫・山本休也・魯茂法師・女伊与・小林朋信・野口定亀・女岩・山本胤貞・藤林重時・西川貞利・女丹・近藤柳可・坂崎政道（登場順）。伝未詳者が多いが、女流も交じるなど、往時の慶安門を知る唯一の資料として注意されよう。

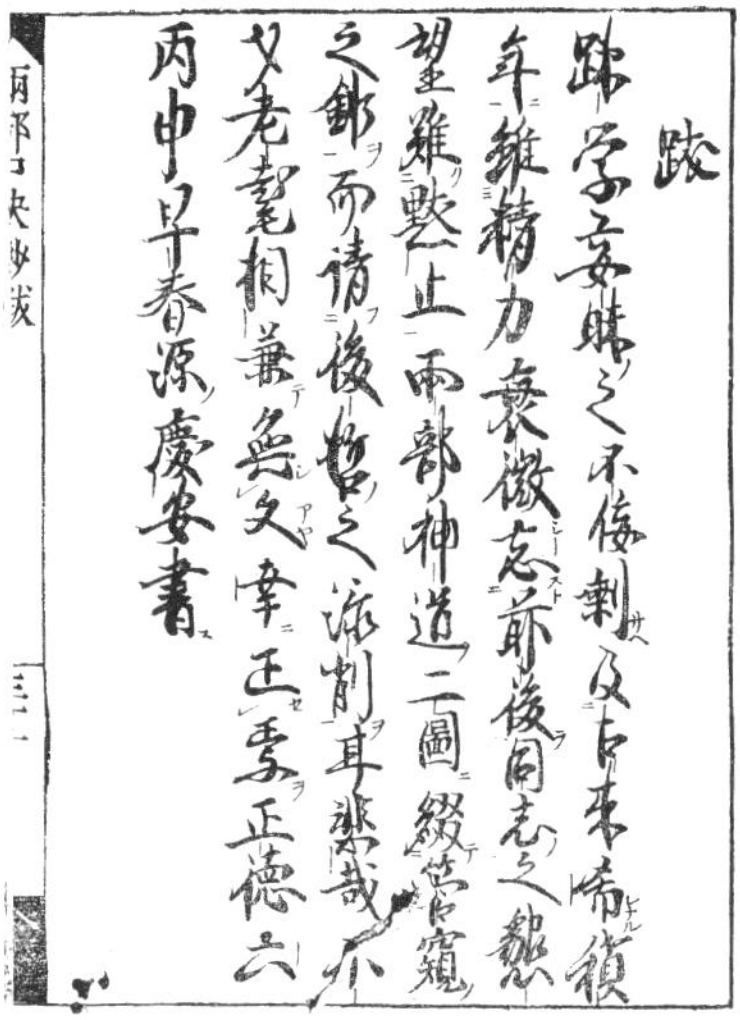
跋
踈学妄將之不佞剰及古来希復
年雖精力衰微忘前後同志之懇
望難黙止両部神道二図綴管窺
之鄙而請後哲之派削耳然哉不
父老髦相兼無文幸正季正徳六
丙申早春源慶安書

神作蔵『両部神道口決鈔』慶安跋

神道学への接近

また、享保四年（七十二歳）に刊行された『両部神《りょうぶしん》道口決鈔《とうくけつしょう》』についても、ここに取り上げねばなるまい。該書は、天台系の山王《さんのう》神道の立場に基づいた両部神道の教説書で、大本六巻六冊の堂々たるもの。書名は外題に拠るが、内題には「両部神代一貫口決鈔」（巻一―四）、「両部神道立派口決鈔」（巻五―六）と出る。正徳六年（一七一六）、青地祐乗（伝未詳。慶安の偽名の可能性もあるか）序ならびに慶安自跋。刊記は「享保四己亥年二月吉日／書舗／浅野堂重雄／文泉堂好直／楊花軒直之／梓刊」。寛政七年（一七九五）の後修《こうしゅう》本（志明院蔵版。京、吉田新兵衛等三肆）、さらにはその求版《きゅうはん》本（天保八年〈一八三七〉、京、菱屋孫兵衛等四肆）ともども広く流布し、江戸中期のこの方面での「代表的な書」［13］と言われる。さて、慶安は、神仏習合《しんぶつしゅうごう》の理論を「両部二図」（空海《くうかい》の作とするが実は偽書）に求め、歴代の歌学者がなべて両部神道であったがゆえに、それが歌学家に密伝したことを述べて、宗祇―恵俊《えしゅん》―牡丹花《ぼたんか》―切臨《せつりん》―西武―慶安との伝流を提示する。他方、「二図」に対する天海《てんかい》の注録は、容膝《ようしつ》から釈〔浅井〕了意《りょうい》を経て慶安へ伝えられたという。神道書でありながら、特に伝授伝流をめぐる歌学史と両部神道の関係を一括りの大きな視座で捉えている点は非常に興味深い。また、「両部」は聖徳太子の神儒仏三教兼学《しんじゅぶつさんきょうけんがく》に起因するとして、林羅山《はやしらざん》らの神儒一致説を退け、両部神道の中に儒教も包摂《ほうせつ》されるとする主張も、当否はともあれ甚だ刺激的だ。仏家からの論難［14］も非常に多く、功罪相半ばする書物だが、当代の和学《わがく》のありようを考える上でも、種々の問題を孕《はら》んだ魅惑《みわく》の一書と言うべきであろう。

天文学への関心

晩年の慶安は、さらに天文学にも射程を延ばしたようだ。その著『本朝天文《ほんちょうてんもん》』（享保五年〈一七二〇〉刊）は、大本九巻九冊のやはり大部なもの。刊記は「享保五庚子年二月吉辰　梓刊／書舗　御池通　高橋権兵衛」。専《せん》家《か》に拠れば「格別暦学書《れきがくしょ》として見るべきものはない」［15］とされるが、中で注目すべきは巻一に掲げる「三《さん》天儀《てんぎ》」なる図である。これは、球体の地球の回りを月と太陽が各周期で巡り、それによって閏月や日食、月食などを求めるというもので、実物は、慶安の没後、親族によって京柳《やなぎの》馬場《ばんば》通《どおり》押小路《おしこうじ》下《さが》ル町の願楽寺《がんらくじ》に寄付され、毎年冬至の日には大衆に公開されたと伝えられる（西村遠里《とおさと》『本朝天文志附録』天明元年〈一七八一〉成・写一冊）。慶安の暦学への興味関心が何に由来するのか、また、その師は誰なのか、不明の点が多く、なお後《こう》

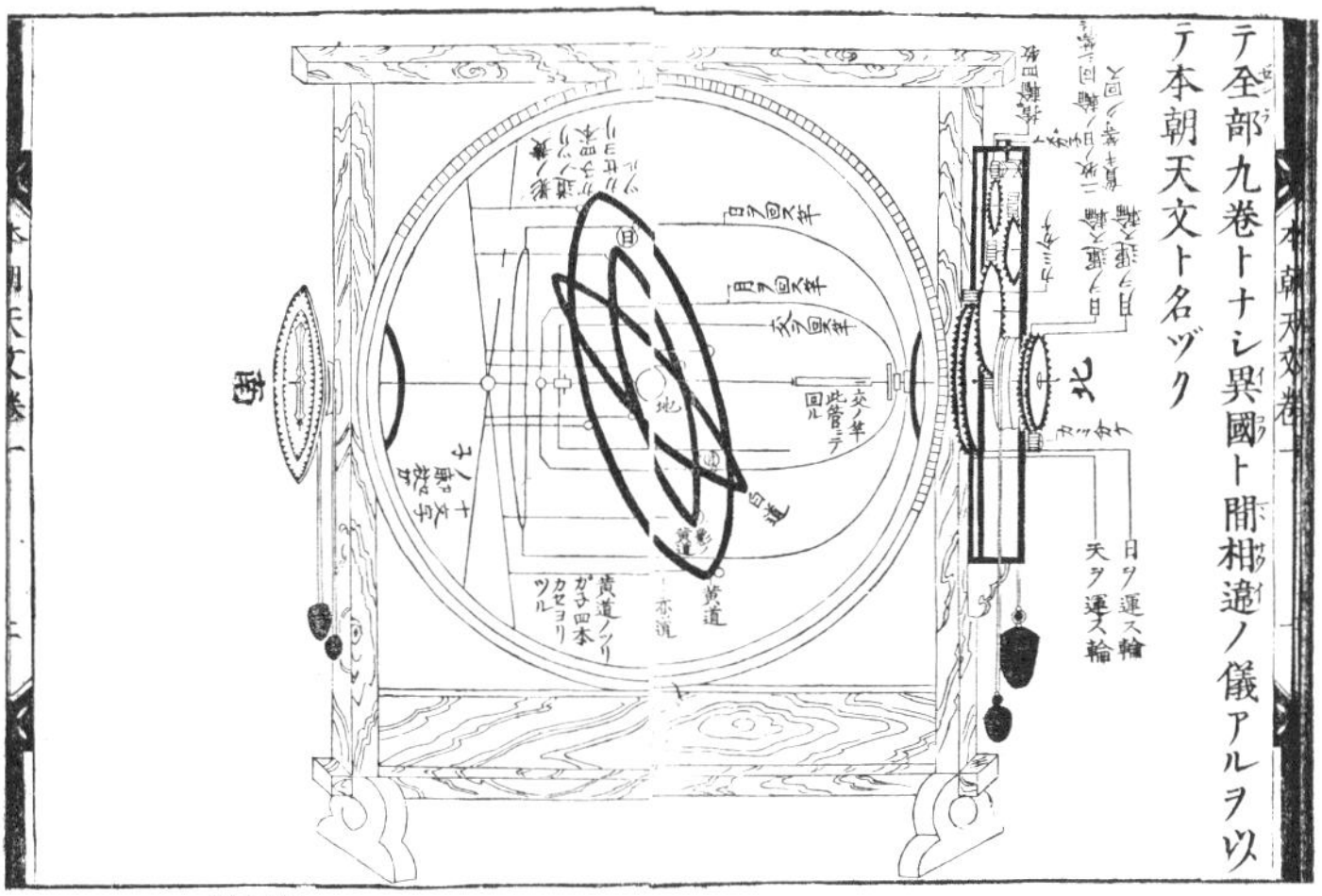

津市津図書館有造館《ゆうぞうかん》文庫蔵『本朝天文』巻一「三天儀之図」

考《こう》に俟《ま》ちたい。

如上《にょじょう》、慶安は、歌学に軸足を置きつつも時に俳諧史と交錯《こうさく》し、さらには神道学や天文学にも踏み込んでその多才ぶりを発揮した。この慶安の行き方もまた、混沌とした〈上方地下〉の多様性を示す一例として、すこぶる興味深い。

慶安加点詠草四点

件《くだん》の資料は、いずれも岐阜県富加《とみか》町郷土資料館の現蔵。今、仮に年次順にA～Dの記号を付し、その要点とともに一覧しよう（アルファベット次段（ ）内の算用数字は『目録』の通し番号）。

A　（374）　**好形《こうけい》等和歌二十三首**　＊12／89。

正徳元年（一七一一）、慶安点（六四歳）。継紙《つぎがみ》一通。好形・伊宣《いせん》詠。

B　（375）　**好形等和歌二十五首**　＊12／92。

正徳元年、慶安点（六四歳）。継紙一通。

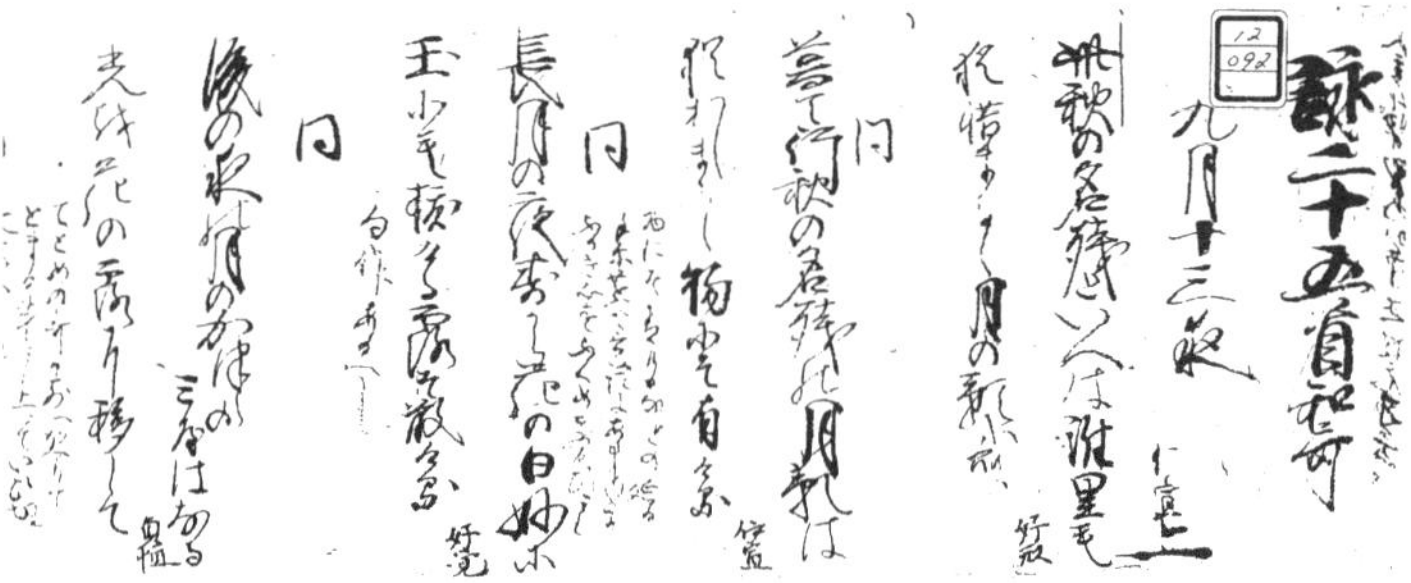

B　好形等和歌二十五首　巻頭

好形・伊宣・好覚《こうかく》・貞恒《さだつね》・副隆《ふくりゅう》詠。

C　(376) **一慰《いちい》等和歌四十四首**（二十二番歌合）＊12／236。

正徳二年、慶安点（六五歳）。継紙一通。一慰・雄渓《ゆうけい》・僊《せん》庵《あん》・好覚・貞恒・其由《きゆう》・宜風《ぎふう》・冬音《とうおん》・副隆詠。

D　(377) **副雄《ふくゆう》等和歌三十首**　＊12／103。

正徳五年、慶安点（六八歳）。継紙一通。副雄・常観《じょうかん》・冬音・仙庵《せんあん》詠。

右四点のうち、Cのみ歌合《うたあわせ》の形式をとり、慶安は添削だけでなく判者《はんじゃ》をも務めている。その奥書（「てんさくの通《とおり》に清書被成《なされ》、点も言葉書《ことばがき》も朱の分は皆無用にして、墨書の評判計《ばかり》御書候て哥合に被成、御清書候べく候」）からは、地方の門人への細やかな気配りが感じられる。点取《てんとり》和歌の様態を示す他の三点とは性質の異なる資料だが、以下、慶安の歌学を論じるにあたっては、あえて資料として同列に扱ったことを断わっておく。なお、四点すべての影印と翻印を別稿［16］にとりまとめたので、参照願いたい。因みに、詠者《えいじゃ》は、いずれも美濃加治田の平井冬音とその近隣の仲間たちであり、典型的な地方の和歌愛好者（初学者）である。点者慶安は、彼らの歌をどのように導いたのか。次章にて、その添削の諸相を繙いてみよう。

慶安の詠歌作法

総じて稚拙な和歌が多い中で、慶安は先ず、その初歩的誤りを過不足なく改める。係り結び、仮名遣い、枕詞《まくらことば》に関するものをそれぞれ一例ずつ示そう［17］。

A5　春月《はるのつき》
秋よりも猶《なほ》物うさぞ増《まさ》りけり春のゆふべの朧夜《おぼろよ》の月　伊宣
○秋よりも猶さびしさぞ増りける春のゆふべの朧夜の月

A6　同
夕月夜《ゆふづくよ》朧に見へ（ママ）てさす影は秋よりことに侘《わび》しかりけり　好形
夕月夜朧に見えてさす影は秋よりことに侘しかりけり

C21　左　霧
足曳《あしびき》の枕の山のちかきさへそれとも見えぬ霧の夕暮《ゆふぐれ》　副隆
【左の哥、まくら詞のうつり、いかが。又座句《ざく》、不宜《よろしからず》。右の哥、すなほにて、勝《かち》となるべし】

これらはすべて和歌詠作以前のイロハであり、かような手入れは点者としては当然のことであったろう（因みに、C21の「座句」とは聞き慣れない言葉だが、『手爾葉大概抄之抄』に「座句とは末の七文字なり」と出る。制詞《せいし》ではないけれども、「霧の夕暮」の措辞《そじ》が不適切だというのである）。むしろ原歌のレベルを思えば、もっと饒舌をふるいたいところだが、それには及ばず、添削は至って禁欲的だ。

心いやし・ふらち也

では次に、一首全体の評価に関わる事例（それもマイナスのもの）をいくつか挙げてみる。

恋

A 18 愁《うれひ》てもなきてもかひぞなかりける我身《わがみ》ながらも我身ならねば　伊宣
〈一首に体《てい》なし〉

近恋《ちかきこひ》

D 21 いかなればや軒端《のきば》に並ぶ忍草《しのぶぐさ》よそめに袖の涙せくらん　常観
〈心さだか不成《ならず》〉

同〔忍恋《しのぶこひ》〕

B 12 恋せずはかかるうさをばよもしらじしのぶに付ておもほゑ《（ママ）》ぞする　伊宣
〈心いやし〉

A 18は、慶安の指摘を待つまでもなく、全く和歌の体《てい》をなしていないもの。上の句の行き過ぎた直截的《ちよくせつてき》な表現も、下の句の素朴に過ぎる繰り返しも、ともかくも詠者の非力が顕在化して、もはや狂歌の如くでもある。D21は、軒端の忍草を引き合いに「近恋」を謳《うた》ったものだが、慶安は「心さだか成らず」と評した（他にC4にも「一首さだかならず」と出る）。藤原兼宗《かねむね》の「忘らるる人の軒端の忍草涙の雨ぞ露けかりける」（『六百番歌合』恋八巻頭・一〇二一・題「寄草恋《くさによするこひ》」）などを思い浮かべれば、常観歌に理《り》が通っていないのは明らかであろう。B12も、散文を思わせる説明調の詠みぶりがいやらしく、慶安は「心いやらし」と切って捨てた（他にB10にも「下の句、いや敷聞《しきこ》え申《まうし》候」と見える）。俗に流れた詠法を「いやし」と評したものと思われる。この種のにべもない批言《ひごん》は、ほかにも見出される。

B5　　同〔九月十三夜〕　　副隆
菊の上《うへ》に乱るる露も月影の照てぞ結ぶ後の今宵《こよひ》は
〈一首、ふらち也〉

C25　左　擣衣《たうい》　　貞恒
秋寒く夜半《よは》に焼火《たくひ》の影見えておとのみひとり衣打《ころもうつ》なり
〈一首、ふらち也〉

批語《ひご》は「ふらち」である。確かに両首とも、和歌としてはいかがかと思わせるものだから（両歌、上の句もさることながら特に下の句が全くいただけない）、この場合は、「けしからん」「不届きだ」という意であろう。「ふらち」の語の使用はいかにも近世的ではあるが、歌評《かひょう》における先例を知らない［18］ので、ひとまずはこれらの事例を、歌論用語史においても注意すべきだと思う。

古歌のとりなし

続けて、難点を具体的に指摘したケースを見てみよう。歌題、て留《ど》め、古歌の摂取に関するものをそれぞれ一例ずつ掲げる。

B11　忍恋
いつと無逢初《なくあひそめ》しより中々に人にしられぬ恋ぞ増《まさ》れる　好形
〈「逢後忍恋《あふてのちしのぶこひ》」の心なるべし〉

B4　同〔九月十三夜〕
後《のち》の夜《よ》の月のかつらのみやはなる光を花の露に移して　貞恒
〈てどめの哥は、前へかへりてとまる事に候。上にていひ切る文字なければ、「て」と留《とま》り不申《まうさず》候〉

A1　立春《たつはる》
春立《たつ》といふ計《ばかり》にやおのづから今朝《けさ》は霞て見ゆる遠近《をちこち》　好形
〈古哥を取過《とりすぎ》て、あしく候〉

題詠《だいえい》である以上、題の心を的確に捉えて詠むことは何より大切だ。B11だけでなく、「題の心、外《ほか》に成《なり》申候」（B19）とか、「上の句、「馴恋《なるるこひ》」〔歌題〕にあらず」（D23）などと見えて、しばしば慶安もそこに注意を促している。B4は、て留めについての指導（他にB14にも）。別に、「物にぞ有《あり》ける」などの延《のび》る手尓葉《てには》についての言及（B2）もある。A1は、かの秀歌「春立つといふばかりにやみ吉野の山も霞みて今朝は見ゆらん」（『拾遺集』春巻頭・一・壬生忠岑《みぶのただみね》）を取ったものだが、定家の説いた本歌取り――本歌と句の置き所を変えない場合は二句未満とし、なお季を違えることが望ましい（『詠歌之大概《えいがのたいがい》』『近代秀歌《きんだいしゅうか》』）――を無視した形となった。本歌取りの範囲については揺れが許容されるケースも多く、いわば一首ごとの実作に応じて判断されるはずだが、好形のこの歌は、やはり慶安ならずとも「悪《あ》し」と受け止められたに違いない。

しかしながら、古歌のとりなしが巧みである場合は、積極的に評価した。

A13
郭公《ほととぎす》
時鳥唯一声《ほととぎすただひとこゑ》をみじか夜《よ》の明《あけ》てぞ残る山の端《は》の月　伊宣
○時鳥唯一声にみじか夜の明てぞ残る山の端の月
〈「只《ただ》有明の月ぞ残れる」の古哥の心なれ共《ども》、句体《くてい》ちがひ申候故《ゆゑ》、合点《がってん》〉

その古歌とは、かの『百人一首』所載の藤原実定《さねさだ》歌――「時鳥鳴きつる方をながむればただ有明の月ぞ残れる」（『千載集』にも。夏・一六一）。慶安は、合点の理由を、「句体」が違うからだという。確かに実定歌は、聴覚（上の句）から視覚（下の句）への転換が鮮やかで、夏の暁の情趣《じょうしゅ》が深い余情《よせい》とともに印象づけられるのに対して、伊宣歌の方は、同じ聴覚から視覚への転換であっても、そこに「みじか夜」の語を挟《さしはさ》むことで時間の推移が生まれ、より具象的《ぐしょうてき》な一首に仕上がっている[19]。他にD11でも巧みな本歌取りを評価していることを合せ考えれば、彼はどうやら、古歌を奥行きとして新たに広がる一首の風体《ふうてい》の「新しさ」を、特に重視していたと思われる。

新しさの追求

こうした「新しさ」の追求は、とりもなおさず、趣向や風情の面白さ、珍しさを希求すること［20］にほかならないから、次の、

月夜旅行《つきよのりよかう》

C39　左　憂事《うきこと》の増《まさ》る物かは有明の月の夜《よ》すがら旅に行身《ゆくみ》は　僊庵

○憂事の増る物かは旅衣《ごろも》あこがれて行《ゆく》有明の月

C40　右　宿をしも定めぬ旅は野も山も月迄共《とも》に分《わけ》て行《ゆく》なり　副隆

○草枕定めもやらで野も山も月迄共に行末《ゆくすゑ》の空

【左右共、一ふし面白し。持《ぢ》にこそ】

同〔旅宿夢《りよしゆくのゆめ》〕

B18　○程経《ほどへ》ては古郷《ふるさと》恋し旅枕《たびまくら》夢なればこそ帰るさもあれ　好覚

〈心面白《おもしろく》候故、点いたし候。句作《くづくり》、猶あるべし〉

のような評価軸――「一ふし面白し」「心面白候」――が引き出されてくるのであろう（他に、D20には「風情

面白候」とも）。その意味でも、

C5　左　　暁帰雁《あかつきのきがん》　　一慰
ね覚《ざめ》する暁毎《ごと》に音《おと》すなり旅路《たびぢ》をいそぐ春の鴈金《かりがね》
◎ね覚する暁毎に朝だちて旅路やいそぐ春の鴈金
C6　右　　貞恒
ちかひをく（ママ）おのが越路《こしぢ》の契《ちぎり》にや暁かけてかへるかりがね
◯わすられぬおのが越路の契にや暁かけてかへるかりがね
【右の哥、珍敷《めづらし》き心なし。左は、いそぐ旅路、夜をこめて、朝たつ、風情面白《おもしろし》、勝《かつ》ものならし】

の番《つが》えに対して付された判詞《はんじ》〔【　】内〕は象徴的であった。但し、（風情が）面白いか否か、（趣向が）珍しいかそうではないかという評価基準が、実作、とりわけ初学者のそれに対して両刃《もろは》の剣《つるぎ》であることは、ほかならぬ慶安自身がよく承知していたことであろう。
因みに、Cに、「すなほ」を鍵にして「勝《かち》」を与える事例が二つ見出される（C22・C33）のも、対初学者ということを強く意識しての手ほどきだと思われる。

叙景歌への評価

最後に、「出来候《しゆつたい》」「珍重」「尤宜候《もつとももよろしく》」などの褒詞《ほうし》が与えられた歌の中から、二首に限って抜書《ぬきがき》する。

千鳥《ちどり》

A 17 ○須磨の浦霜夜の月の影寒みね覚《ざめ》ものうく千鳥鳴《なく》なり　伊宣
〈出来申候〉

行路紅葉《かうろのもみぢ》

D 15 ○千入《ちしほ》迄《まで》染《そめ》し楓《もみぢ》を分行《わけゆけ》ば袖さへ秋の色に出《いで》けり　仙庵
〈宜《よろしく》候〉

慶安は、この両歌のように、つづけがらに無理のない平明な叙景歌に対しては、おおむね高い評価を与えていた如くである（これは、元禄期の上方地下歌人に共通する傾向でもある〔21〕）。それが時代の風であり、なおかつ初学者たちにとって一通りの到達目標として適当なしるべであったからに違いない。

＊　＊　＊

指導は常に相手に応じたものでなくてはならないので、初学者向けの今回の加点内容を以て全てを断じることには慎重であるべきだが、一般に、地方の門人の大半は素人歌人であったろうから、右の分析結果を過度に禁欲的に受け止める必要もまたないと言えようか。

ところで、当の慶安自身は、実際にどのような和歌を詠んだのか。家集が知られず、『ねざめの友』以外の撰集類にも和歌を見出せないので、彼の平生《へいぜい》の和歌の営みを推し量るのは容易ではないが、今般、山本通春《みちはる》編『文翰雑編《ぶんかんざつぺん》』に僅か六首ながらその所詠を拾うことができた。
その一首。

寒樹《かんじゅ》　慶安

冬がれの梢《こずゑ》は消《きえ》て又ぞを《（ママ）》くかくれあらはれ雪の松がえ（巻一八・元禄八年）[22]

注

[1] 野間光辰「俳諧日和下駄（一）」（『談林叢談』所収、岩波書店、一九八七。初出は『連歌俳諧研究』二七号、一九六四・八）。因みに、一昨年（二〇〇五）、西大谷に幾度か展墓《てんぼ》を試みたが、未だ慶安墓を探し得ていない。

[2] 雲英末雄『元禄京都諸家句集』（勉誠社、一九八三）所載の「年譜」参照。また、書肆としての重徳が、俳人俳壇の東西交流の盛行に大きく関与していたことは、佐藤勝明『芭蕉と京都俳壇―蕉風胎動の延宝・天和期を考える―』（八木書店、二〇〇六）に詳しい。

[3] 日下幸男『近世古今伝授史の研究　地下篇』（新典社、一九九八）八五頁。但し、氏は「西武の誹門、長孝の歌門という意識がはっきりしていたかも知れない」と推測する。

[4] 加治田文藝資料研究会編『美濃加治田　平井家文藝資料分類目録』（富加町教育委員会発行、二〇〇五）。以下『目録』と略記。

[5] 拙稿「元禄の添削」（『近世文藝』八一号、日本近世文学会、二〇〇五・一）。そこでは、複数の点者―香川宣阿《せんな》・水田長隣《ちょうりん》・金勝慶安―によって添削された同題の詠草を材として、慶安の添削の性格を、「伝統的な二条家流の和歌観」という大枠の中で、「風情《ふぜい》よろしき歌、風情おもしろき歌、巧みな本歌取りの歌を評価したが、歌題の未消化、心ふる

き表現のさまを嫌った」と、ひとまず引き出してみた。

[6] 古典俳文学大系4『談林俳諧集二』（集英社、一九七〇）所収『ふたつ盃』解説。因みに、生川春明《なるかわはるあきら》著『誹家大系図《はいかおおけいず》』（天保九年〈一八三八〉刊）「随流」の項目中には、「二ツ盃」を挙げて、「或書ニ曰、二ツ盃ハ金勝慶庵任佗《(ママ)》ト云人ノ作トアリ。随流下葉ノ人歟。考ベシ」と記され、さらに「畸人伝ニ金勝慶安トアリ。歌人トミエタリ」と付注される。

[7] 雲英末雄「元禄京都俳壇の構成―『誹諧京羽二重《はいかいきょうはぶたえ》』の検討を通して―」（『元禄京都俳壇研究』所収、勉誠社、一九八五）。なお、『延宝八年歳旦集《さいたん》』（延宝八年〈一六八〇〉刊）には「金勝任他」ほかによる三《み》つ物《もの》が出ており、三千風《みちかぜ》の『日本行脚文集《にほんあんぎゃぶんしゅう》』（元禄三年〈一六九〇〉刊）にも「京任佗」として一句入集。但し、『あら野』（元禄二年序刊）に一句入集する「任他」は同名異人で、尾張名古屋の人（正田氏）。

[8] 注[3]に同じ。

[9] 関西文化研究叢書別巻『大山崎離宮八幡宮神官疋田家文芸資料集』（管宗次編、武庫川女子大学関西文化研究センター刊、二〇〇五）に拠る。ところで、富加町郷土資料館現蔵の平井家文芸資料の中には、寛舟加点の平井冬秀《とうしゅう》詠草や寛舟自身の多くの詠草がある。注[4]前掲書所収の拙稿「文之字屋美濃平井家の文芸活動の諸問題」参照。

[10] テニハ秘伝研究会編『テニハ秘伝の研究』（勉誠出版、二〇〇三）所載「和歌系伝書目録」（浅田徹）参照。

[11] 遠藤和夫「『手尓葉聞書』の研究」（『國學院大学紀要』三六号、一九九八・三）。該書は谷山茂旧蔵本の由。

[12] 以下、引用は柿衞文庫蔵本に拠る。記述にあたり、注[2]前掲「年譜」の元禄九年条を参照した。雲英氏は、重徳の三回忌追善集かと推定する。

[13] 『日本古典文学大辞典』「両部神道口訣鈔」（小笠原春夫執筆）。なお、石川真弘「両部神道二図の伝授について―宗祇・恵俊・肖柏・切臨・西武・慶安の系譜―」（『密教文化』五六号、高野山大学密教研究会、一九六一・八）と、海野一隆の二編「両部神道家源慶安の地球説支持と仏教界の反応」（『科学史研究』一一二号、岩波書店、一九七四・一二）、「両部神道における生理学的知識」（『日本古書通信』九〇六号、二〇〇五・一）も多くの示唆に富む。

[14] 例えば華厳《けごん》の学僧鳳潭《ほうたん》の『両部神道口決抄心鏡録《しんきょうろく》』（享保一六年〈一七三一〉跋刊）や、浄土僧文雄《もんのう》の『九山八海《きゅうせんはっかい》

解嘲論《げちょうろん》』（宝暦四年〈一七五四〉序刊）など。大山公淳『神仏交渉史』（東方出版復刻、一九八九。初版は一九四四刊）参照。

[15] 渡辺敏夫『近世日本天文学史』上巻（恒星社厚生閣、一九八六）一六二頁。

[16] 拙稿「金勝慶安加点詠草」（『金城学院大学論集（人文科学編）』三巻二号、二〇〇七・三）。

[17] 以下、本文の掲出にあたっての要領は次の通り。アルファベットの下の算用数字は、各資料ごとの和歌の通し番号。原歌《げんか》の次行には、添削後の新しい和歌本文を併記し、評語《ひょうご》は〈　〉に、Cの判詞《はんじ》は【　】内に各々くるんだ。「〇」は合点を、「◎」は長点を示す。**D**のみ作者表記が一字（「副」とか「常」など）だが、一部をわたくしに補って示した。適宜付した振りがなもまた、わたくしに拠るもの。

[18] 例えば『日本国語大辞典（第二版）』『角川古語大辞典』はともに、初例として、『大坂独吟集《おおざかどくぎんしゅう》』の「不埒なる酒のかよひの朝がすみ〈由平〉」を挙げる。因みに、「らち」の訓みは国訓。

[19] 拙稿「江戸時代の和歌添削」（「中日新聞」夕刊、二〇〇六・一一・九付）。

[20] この種の指摘は歌論史上にも非常に多い。「おほかた、歌の良しといふは、心をさきとして珍しき節をもとめ、詞をかざり詠むべきなり」（『俊頼髄脳《としよりずいのう》』）ほか。

[21] 注[5]前掲拙稿参照。

[22] 京都大学国語国文資料叢書『文翰雑編』六（臨川書店、一九八三）三四九頁。

*〔　〕内は神作による注記。なお、古典和歌の歌番号は『新編国歌大観』のそれに従ったが、表記は適宜わたくしに改めた。

纓片真王

能をみる俳人

●――季題「薪能」の成立と変遷

俳諧の季題「薪能」の成立とその句風の変遷を追うことで、能という芸能をどう受容していったかを考察したい。読者には能が江戸の芸能かという疑問が当然浮かぶと思う。しかし、町人を中心とした俳人たちも、歌舞伎や人形浄瑠璃とは違った形で能を楽しんだはずである。例えば、薪能を詠んだ発句が、言語遊戯から演能の様子や雰囲気を描くように変遷していくことにも、それは表れているといえるのではないか。本稿は能を視野に入れることで、江戸の文芸・芸能研究をほんの少し豊かにしたいという試みでもある。

「能をみる」とは

本稿の題名にいう「みる」は、実際に能（以下、狂言も含めて考える）を観ることに限らず、能に対する見方というニュアンスを含めたものである。実際の能を観て詠んだ句というのは厳密に考えると皆無に近いであろう。そうすると、江戸時代、能は武家の式楽《しきがく》となり、やはり町人たちは一般に能を見ていなかったという指摘も出てくるであろう。筆者もそうした見方を否定しない。

しかし、薪能《たきぎのう》や辻能・町入能《まちいりのう》のように町人たちにも見られた能はある。なかでも、薪能は寺社の年中行事でもあったために、毎年比較的自由に見られ、俳諧《はいかい》の季題ともなって、俳人たちによる発句《ほっく》・連句《れんく》などの作品を生んだ。確かに、歌舞伎についても「顔見世《かおみせ》」「初芝居」という季題があり、それらの季題《きだい》を詠んだ作品を集めた『道頓堀花みち《どうとんぼりはなみち》』（辰寿《しんじゅ》編、延宝七年〈一六七九〉刊）という撰集まである。それらには及ばぬかもしれないが、薪能も芸能として独自の魅力があったからこそ句に詠まれたのであろう。

薪能を通して俳諧と能の関係について考えるのが、本稿の目的である。俳諧研究からみると、一季題の成立と作風の展開ということ以外の成果が上げられているとは思えぬが、個々の俳人について、従来気付かれなかった問題を提起できた点もあろうし、能を詠んだ句の解釈の方法も示せるかと思う。また、能楽《のうがく》研究からすれば、能楽の受容史の一面を紹介できるかと考える。

薪能とは―その実態と季寄《きよせ》・歳時記及び地誌

薪能あるいは薪の能は、本来「薪猿楽《たきぎさるがく》」と呼ばれる神事《しんじ》芸能の一部であり、興福寺《こうふくじ》南大門《なんだいもん》や春日若宮社《かすがわかみやしゃ》の前の芝の上などで上演された能である。昼間の上演もあったが、夜に入ると薪を焚き、その明りで上演される点に特徴がある。本来、興福寺の修二会《しゅにえ》に付随する神事であったが、衆徒《しゅと》の慰みとなり、さらに一般に見物されるようになった。一一月の春日若宮祭の能と並ぶ大和国奈良の神事能である。鎌倉時代以来、複雑な変遷を経たその歴史については、表章「薪猿楽の変遷」(『大和猿楽史参究』〈岩波書店、二〇〇五〉)等が詳しい。以下の薪能に関する記述も、主に表氏の業績によるものである。

江戸時代になって薪能に生じた重大な変化のみを指摘すると、まず、二月六日からの開催が、七日からになったこと、また、宝生《ほうしょう》・金春《こんぱる》・金剛《こんごう》の内、二座の交代制になったことがある。薪能は、現在のシテ方五流の内、観世《かんぜ》・宝生・金剛・金春流につながる、大和猿楽四座《やまとさるがくよざ》が参勤の義務と権利を有していた。しかし、観《かん》世大夫《ぜだゆう》が、幕府の謡初《うたいぞめ》に出席する等の理由からか、江戸初期には、観世座はほとんど出勤しなくなり、次いで宝生座も出勤しなくなった。そこで、寛文二年(一六六二)六月七日、観世座は免除、宝生・金春・金剛の三座の内、二座が出勤し、残り一座が、観世・喜多《きた》の大夫《たゆう》とともに、幕府の謡初に参加できることになった。また、実際には大夫が参勤することは珍しく、上方《かみがた》在住の役者が代わりに参勤していた。以後、薪能は、江戸時代を通じて上演されたが、明治四年(一八七一)に中絶した。その他、細かい慣習などについては、俳諧との関係で必要な場合、説明することにする。

江戸時代の薪能は、奈良の代表的な年中行事となった。地誌類を見ても、『南都《なんと》名所集』(太田叙親・村井道弘著、延宝三年〈一六七五〉刊)、『奈良名所八重桜《やえざくら》』(大久保秀興著、延宝六年〈一六七八〉刊)、『南都名所記』(著者未詳、元禄一五年〈一七〇二〉刊)、『大和《やまと》名所図会』(秋里籬島著、寛政三年〈一七九一〉刊)など、刊行された主要な地誌には、必ず挿絵《さしえ》入りで取り上げられている。

「薪の能」の図（田居叟著『大和廻り道の技折』天明三年刊、筆者所蔵）

俳諧との関係については、まず、季寄・歳時記類で薪能がどのように採り上げられてきたかを概観しておきたい。薪能を最初に取り上げた季寄せは、親重《ちかしげ》（立《りゅう》圃《ほ》）が著した作法書《さほうしょ》『はなひ草《ぐさ》』（寛永一三年奥書）所収「四季の詞」である。そこでは二月の上申《かみのさる》の日に行われる「春日祭」と上卯《かみのう》の日に催される「大原祭」の間に期日を記さず挙げられている。次に徳元《とくげん》著の『誹諧《はいかい》初学抄《しょがくしょう》』（寛永一八年〈一六四一〉跋）に「同七日より十二日也」という注記が付されている。これは当時薪能が七日開始になっていたことを裏付ける資料とすることができよう。重頼《しげより》編著の『毛吹草《けふきぐさ》』（正保二年〈一六四五〉刊）では、俳諧の季題に分類されている。連歌《れんが》では詠まれなかったということもあるが、薪の明りで舞う神事能自体の珍しさにも俳諧性があったろう。季吟《きぎん》著の『増山井《ぞうやまのい》』（寛文七年刊）では、七日から、延期の場合の打ち切り日である一四日までと期日もより正確に記されるようになる。以下、近世の季寄・歳時記の大半がこの日付に従っている。

季題「薪能」の成立―守武・宗鑑から貞徳へ

前節に記したごとく、薪能が季寄に登録されるのは、『はなひ草』が最初である。しかし、薪能を詠んだ句は『守武千句《もりたけせんく》』（守武著、天文九年〈一五四〇〉成立）から見られる。

さるがくの数やこよみにしらるらん
　くはんぜこん春《ばる》こんがう不日《ぶにち》
かならずも薪の比《ころ》は手向《たむけ》して

付句は「何力《なにちから》」第七百韻《ひやくいん》三の折《おり》の表《おもて》一句目である。薪能に関連する点だけに触れたい。前句《まえく》は、打越《うちこし》の「猿楽」に、四座のうち「観世・金春・金剛」を付けた。付句《つけく》は前句の三座の名から薪能を連想したもの。「薪の比」は薪能の頃の意で、二月の上中旬を指すのであろう。しかし打越・前句は雑《ぞう》（無季）であり、付句の次は夏の句が付けられている。春は三から五句まで続けるという句数《くかず》の作法《さほう》どおりなら、付句は季節感が薄く、この例だけで薪能が季題として確立しているとまでは言いにくい。

その一方、宗鑑《そうかん》編の『新撰犬筑波集《いぬつくば》』には、幾つか猿楽を詠んだ付合《つけあい》が採られている。その中で、江戸時代に入って刊行された同集古活字本《こかつじ》の春の部に次の付合を収める。

おしやおもしろ春のさるがく

はなを風ちりやたらりとふきたてて

「おしやおもしろ」という前句に、猿楽能に対する近世初期の人々の心が窺えるのも興味深い。付句は、前句の「春」に呼び出され「花」を詠みつつ、猿楽の最初に上演される〈翁《おきな》〉の「ちりやたらり」という文句を取り、花が風に吹き散らされるさまの擬態語にしているところに俳諧性がある。また、前句の「春」の猿楽は、薪能を連想させるが、付句の花は三月の季題なので、二月の薪能の句にはなっていないのである[1]。

これに対し、貞徳は『新増犬筑波集《しんぞういぬつくば》』（寛永二〇年〈一六四三〉刊）の「あぶらかす」において、宗鑑と同じ前句「おしや面白《おもしろ》春の中楽《さるがく》」に次のように別の句を付け試みている。

いく度《たび》も祭《まつり》のあらば興福寺

こちらは付句に「興福寺」を詠み、薪能を表現しているが薪の語は抜けている。またこれも、付合によって薪能が詠まれている例であって、この例からも薪能が季題として十分確立されているとは言えない。けれども、作者貞徳には春の猿楽といえば興福寺の薪能という連想があり、薪能が春の季詞になりつつあるということは認められる。

また、前句の「おしや面白」を受けての表現上のことではあるが、付句で「いく度も祭のあらば」と表現している点に、貞徳が江戸初期にあって、薪能を何度も見たくなるような芸能と捉えているのが窺えることにも注意しておきたい。ただし、『新増犬筑波集』が刊行された寛永二〇年（一六四三）は、観世座に加え、宝生座も参勤しなくなった年でもある。

また一方、季寄に登録されるようになってからも、実作において季題として確立するには少し時間がかかった。薪能が季題としてまだ成立過程にあったことは、『犬子集《えのこ》』（重頼編、寛永一〇年刊）にも窺える。発句の部に季題として立てられず、巻一二神祇に「つれをかたらひ薪する山／猿楽のおほき春日の神事能」という付句があるのみである。

しかし、やがて「薪能」を発句に季題として用いた例も出てきはじめる。

①篝火《かがりび》でせよや薪の神事能　定主（西武《さいむ》編『鷹筑波集《たかつくば》』寛永一九年刊）
②飛火野《とぶひの》といふやたき木の能の場《には》　貞宜（良徳《りようとく》編『崑山集《こんざん》』慶安四年〈一六五一〉刊）
③爰《ここ》でせよ薪の能をよさの海　長頭丸《ちようずまる》（同）

薪能を実見しなくてもできる観念的な句であるが、①は薪能を季詞に用いた最古の発句、②③は初めて季題として「薪能」を立項した撰集に収める例句である。②は薪能が舞われる場だから「飛火野」というのだとの意。薪と火の縁《えん》による言語遊戯《げんごゆうぎ》である。③は「与謝《よさ》の海」に大和猿楽「四座《よざ》」を掛けた言語遊戯。なお、『崑山集』に対する、長式子《ちようしきし》著（実際には重頼著か）の論難書『馬鹿集《ばか》』（明暦二年〈一六五六〉刊）には、②③の句が、「飛火野」「与謝の海」を薪能の上演地であるかのように詠んでいることへの批判がある。

多様な言語遊戯──明暦から天和ごろまで

季題としての薪能が確立すると、薪能の発句も増加していく。管見では、明暦から天和（一六五五―八四）までの間、「薪能」を季題として立項した撰集、雑を含め薪能を季詞とした発句を所収する撰集は実に三九部に及ぶ。謡曲調俳諧の流行期とも重なるこの時代の句は、多様な詠み方がなされている一方、パターン化もしている。大きな流れで言えば、貞門《ていもん》の言語遊戯に始まる俳諧の作風の変化が、薪能という季題にも現れたということでもある。概観すれば、「薪能」という名称から連想される、薪、火、煙《けむり》、燃ゆ、焚《た》くなどといった言葉を用いた言語遊戯が主である。雨天中止のことなど実態に関わる句もあるが、演能自体を詠む数少ない例も薪などの連想から逃れられているとは言えない。以下、その作風を、本意や詠み方に注目して見ていくが、同様な言語遊戯の句が多いので、例句をしぼりたい。

(1)「薪、火、煙、燃ゆ、焚く」などの言語遊戯と謡曲調

①なら柴《しば》は薪の能の御《お》ため哉《かな》　方好（顕成《あきなり》編『境海草《さかいぐさ》』万治三年〈一六六〇〉刊）
②鉢の木の能は尤《もっとも》薪かな　重利（西武《さいむ》編『沙金袋《さきんぶくろ》』明暦三年〈一六五七〉刊）
③装束やもえたつやうな薪の能　宜詠（梅盛《ばいせい》編『さざれ石《いし》』寛文八年〈一六六八〉刊）
④山姥《やまうば》や春は梢《こずえ》にたきぎの能　不門（言水《ごんすい》編『東《あずま》日記』延宝九年〈一六八一〉奥書）

①「奈良柴」は、奈良に縁があるから薪能のための薪になるという意味の句。②は薪が登場する〈鉢木《はちのき》〉

が最も薪能に相応《ふさわ》しい曲だという意味。〈錦木《にしきぎ》〉〈鵜飼《うかい》〉等、薪や火に縁のある曲目を詠んだ同想の句は他にもある。③は能装束の華麗さを詠んではいるが、薪の縁で「燃えたつような」と表現しただけの作である。④は謡曲調の句。薪の縁で、〈山姥《やまうば》〉の「春は梢に咲くかと待ちし」の文句を取ったものである。

(2)演能を描く

⑤つらに火や薪の能の仕《し》そこなひ　冨長（一雪《いっせつ》編『俳諧洗濯物《せんたくもの》』寛文一〇年刊か）

⑥小面《こおもて》や煙をかづく薪の能　茂郷（橋水《きょうすい》編『つくしの海』延宝六年〈一六七八〉刊）

⑤は役者の顔に火の粉《こ》がかかり演技を失敗したという意味の句。⑥は若い少女の面「小面《こおもて》」に煙がかかっている情景を詠む。しかし、⑤は江戸、⑥は長崎の作者による作で想像の句と考えられる。また、演能を描くとはいえ、火と煙に関連させる型を出ていない。

(3)薪能らしい慣習等に関する句

⑦僧わきで見物するや薪の能　義敬（胡兮《こけい》編『到来集《とうらい》』延宝四年序）
　雨ふりて能のなかりけるに

⑧春雨や薪の能の足拍子《あしびやうし》　謙也（宜休《ぎきゅう》・如貞《じょてい》編『難波草《なにわぐさ》』寛文一一年〈一六七一〉七月奥書）

⑨くらかけや七日のぼりし薪能　方山（成安《じょうあん》編『貝殻集《かいがら》』寛文七年刊）

⑦は、興福寺の衆徒が見物する姿に、「ワキの僧」がシテを見ている姿を重ね合わせた作。⑧は薪能が荒天《こうてん》中止（役者にとっては免除）になることをふまえる。雨で役者が舞えないのを、止まって足拍子を踏んでいると詠んだ作。⑨の「くらかけ」は「鞍懸」で、見物人のために設けられた、階段式の長い腰掛である。奈良町奉行所の日記にもこの鞍懸設置の記事が見られ、薪能関係の設備として、名高いものだったと考えられる。「七日」は開演日の二月七日か、七日間のことか不明だが、後者なら観客の薪能への執心も読み取れる。

実際の薪能を詠んだ句、及び演能を描いた句の登場—貞享元禄期（一）

貞享・元禄（一六八四—一七〇四）時代になると薪能の句は減少する。詠み方がマンネリ化したということもあろうし、俳諧撰集が、季節順で類題という単純な構成をとらなくなってきた影響もあろう。その一方、実際の薪能を詠んだ句や、演能の様子を詠んだ作品が新たに登場する。また、この時代は五代将軍綱吉が能を好み、周囲で盛んに上演させた時代でもある。

(1)梅翁《ばいおう》（宗因《そういん》）と葎翁《りつおう》の「薪二百韵」—実際の薪能を詠む

貞享をやや遡るのであるが、実際の薪能を詠んだ俳諧作品の先駆として梅翁（宗因）と葎翁の百韻連句がある。『四人法師《よにんほうし》』（葎宿《りつしゅく》編、延宝六年〈一六七八〉成）の「薪二百韵」の発句と脇である。『四人法師』の巻頭には、「延宝六年二月中旬」と記し、「薪二百韵」と題した百韻二巻が収められている。次に引用する二巻の発句と脇は、延宝六年の薪能の実態に合っているのである。

①ひつからげ九郎が片荷《かたに》薪の能　梅翁

ひいきの目にはかすみたつ空　　葎翁

②奈良坂や金剛宝生二面《ふたおもて》　葎

三年に一度休むうぐひす　梅

まず、①第一百韻の発句「ひつからげ」の句にある「九郎」は、当年出演した宝生座の大夫《たゆう》宝生九郎のことと考えられる。九郎は当年の薪能で、八日に〈軒端梅《のきばのうめ》〉、一〇日に〈小督《こごう》〉を舞った［2］。「ひっからげ」は演技と関わる表現ではないかとも考えたが、関係はないようである。九郎の出演を、薪をまとめて片荷として担《かつ》いできたと表現した、薪の縁による表現と言えよう。しかし、実際にその年の薪能に出演した役者を句に詠んだ新風ではある。脇の「ひいき」から、九郎の人気役者ぶりがうかがわれるが、演能の様は具体的に描かれていない。

②第二百韻の発句は、当年は金剛・宝生の参勤であることを「二面」（両面の意。奈良の縁語）と詠んでいる。これは、前述のように、寛文二年（一六六二）に制定された、宝生・金剛・金春のうち二座が参勤する制度を意味する。つまり脇にあるように、観世を除く三座が「三年に一度休む」のである。もっともこの時は、実際には金剛の名代で金春が務めている。この付合は、薪能の制度変更自体に興味を持って詠んだ句である。これらの句から、宗因たちが薪能を実見したかどうかは確認できないのであるが、当年の薪能の出演者や、薪能の制度を知って詠んでいるのは確かである。俳諧の表現の興味が、薪能の実態に向いてきたということである。ただし、実在の役者や特定の舞台を描くのは、この前後の時代ぐらい、しかも例外的である。

(2)汶《ぶん》村の俳文「南都ノ賦《ふ》」――薪能の評判

もう一例、薪能で舞った能役者に触れた作品を見よう。近江《おうみ》彦根蕉門《しょうもん》の汶村の俳文「南都ノ賦」（許六《きょりく》・李《り》由《ゆう》編『本朝文選《ほんちょうもんぜん》』宝永三年〈一七〇六〉刊）である。この俳文は、『文選《もんぜん》』の「三都賦《さんとふ》」の手法に倣《なら》い、奈良の名所・名物を列挙するように書き綴ったもので、薪能にも言及する。

西金堂《サイコンダウ》の楽《ガク》をあらため南大門《ナンダイモン》にうつして、薪《タキギ》の能《ノウ》をはじむ。七度半《ドハン》の使《ツカヒ》に、四座《ヨザ》の猿楽《サルガク》をめす。雨天《ウテン》には紙を踏《フン》で試《ココロ》み、夜陰《ヤヰン》には薪《タキギ》を積《ツン》で焚《タク》。保生《ホウセウ》が「鉢《ハチ》の木《キ》」に、名人の号《ガウ》をとり、大倉《オホクラ》が「芭蕉《バセヲ》」に、達人の名をあらはす。水屋《ミヅヤ》の能《ノウ》、若宮《ワカミヤ》の能。

（許六・李由編『本朝文選』宝永三年刊／巻一・賦類）

興味深い内容が多いが、ここでは傍線部に注目したい。一見すると、〈鉢木〉を取り上げたのは、薪の縁によるもので、それと対にする曲として、植物《うえもの》に縁があり、自らの俳諧の祖の名でもある〈芭蕉〉を選んだだけであって、宝生や大倉の名は適当に組み合わせたものかと思われる。しかし、宝永年間（一七〇四―一一）までの薪能で、〈鉢木〉を演じたのは、宝生九郎（寛文一〇年〈一六七〇〉二月一四日、南大門にて）だけなのである。また、〈芭蕉〉の上演は少なくないが、延宝七年（一六七九）二月一一日、金春座の大倉庄左衛門が御社《みやしろ》上《あが》りの能で演じている事実がある。この一節は必ずしも汶村の創作とはいえない。少なくとも、薪能を演じた役者が、名人・達人として有名になったという評判が、彦根の俳諧作者の耳にまで入っており、薪能の話題が俳文の題材にもなるということは、当時の薪能のあり方を考える上でも興味深い。

其角《きかく》の虚構と俳諧性—貞享元禄期（二）

(3)其角—演能を描く

さし傘《がさ》や薪の夜《よる》の蟻通《ありとほ》し　　其角（風国《ふうこく》編『菊の香《か》』元禄一〇年〈一六九七〉刊）

『皮籠摺《かわこずれ》』（涼菟《りょうと》編、元禄一二年刊）には「薪の雨に逢《あひ》て」と前書《まえがき》を付して所収。その一方、『五元《ごげん》集』には「南都にあそぶ　雨」と前書を付し、「傘《からかさ》や薪の夜《よる》のありとをし」（其角著・旨原《しげん》編、延享四年〈一七四七〉奥）という句形で所収。

江戸時代の薪能の句で最も多くの注釈が試みられたのはこの句であろう。しかし、従来の注釈には、この句を解釈するときに基盤となるべき次の三点を外しているものがある。

第一に、この句は想像の作である[3]。其角が上方に旅をしたのは、生涯に三回、①天和四年（一六八四）、②元禄元年（一六八八）、③元禄七年であるが、いずれも、薪能の期間に奈良にいた形跡はない（若宮祭能についても同様）。実際に見ての吟だという説は成り立たない。しかし、①の旅の折には大和の吉野を巡り、③の旅では奈良を訪ね滞在しているので、その間に其角が薪能に関する情報を耳にした可能性はある。特に①の天和四年二月の薪能では、一〇日南大門にて金剛座の長命《ちょうめい》次郎太夫が〈蟻通〉を舞った（一一・一二両日には雨天中止もあった）という事実も指摘しておきたい。

第二に、薪能が荒天中止であったという事実を重視すべきであるということである。『薪能番組《ばんぐみ》』のような記録が未知だったためという事情もあろうが、『五元集』の前書を事実とし雨天決行だったと決めてしまっている注釈がある（雨天中止の慣習を紹介しながらというものもある）。その結果、客が傘を差して見ている、後見《こうけん》が傘を差しかけているなどという滑稽な解釈が生まれている。その一方、想像説に立ち、雨中での演能の情景とする解釈もある。幻想的な句と捉えればそうした説も可能であろう。確かに〈蟻通〉から傘を差したシテが舞う場面を想像してよいと筆者も考える。しかし、雨天中止になることは、これまで紹介した例句から見て、季題としての薪能の本意になっていたといってもよい。雨の中で舞う景を描くとすればそれはありえぬ滑稽な景としてである。やはり、雨中で薪を燃やしつづけ、能を上演し、それを観るというのは現実感に欠ける。

第三に、第二で少し触れたように〈蟻通〉では、シテの蟻通明神が、夜に傘を差して出るという演出になっていることをふまえて解釈する必要があるということである。

結局、薪能が雨天中止になるという慣習と、〈蟻通〉でシテが傘を差して出るという演出を結びつけた点に、この句の俳諧性がある。それにしても通釈を試みるとどうも不明確な句である。前書がない『菊の香』の場合なら、「傘を差しているよ。今夜の薪能〈蟻通〉のシテは（薪能は雨天中止だと聞いたが、この曲ならできるだろう）」などとなろう。その一方、薪能を見る機会を得たが雨にあったという趣向《しゅこう》にしてある『皮籠摺』や『五元集』の前書を生かすなら、「薪能は生憎の雨で中止だ。傘を持って出る〈蟻通〉だったら見られたかもしれない」あるいは、戯れとして「（雨だから薪能は中止と思ったが）傘を差して舞っているよ。雨の夜を舞台にシテが傘を出して出る〈蟻通〉だから」といった意味になる。いずれにしろ、舞台での演能の様を想像させる句になっている点が前代までとは違う特徴である。もう一句其角の句を取り上げる。

寒声《かんごゑ》や南大門の水の月　（其角編『焦尾琴《しょうびきん》』元禄一四年刊）

『五元集』には「南都にあそべる時」と前書。従来の注釈には、南大門を東大寺のものとし、寒声を僧侶の読経《どきょう》の稽古とするものが多い。その可能性もあるが、興福寺の南大門が、薪能の舞台の一つであることも有名である。時代は下るが諸国の名所ごとに例句を集めた、蝶夢《ちょうむ》編の『俳諧名所小鏡《こかがみ》』（天明二年〈一七八二〉刊）の大和の部に立項する「南大門」は興福寺のものであり、例句にこの句を引く。南大門は興福寺のものを指すと見るべきであり、「寒声」は薪能で舞う能役者の稽古の声、「水の月」は猿沢の池に映るものと解される。奈良在住の役者、あるいは、若宮祭から薪能まで奈良に滞在する参勤の役者の姿を描いたものであろう。

薪能を詠まない芭蕉、その他の作者たち――貞享元禄期（二）

(4)芭蕉――薪能を詠まない

其角の師、芭蕉について触れないわけにはいくまい。石川真弘氏の考察［4］があるように、土芳《どほう》著『芭蕉翁全伝《おうぜんでん》』に、芭蕉が貞享二年（一六八五）二月、薪能を見物したことが伝えられている。『野ざらし紀行』にお水取りの句があることから、奈良訪問は裏付けられるが、芭蕉に薪能の句はない。しかし、元禄七年（一六九四）作の「鶯に」歌仙の名残《なごり》の裏《うら》四、五句目に「四五人《しごにん》とほる僧長閑《のどか》なり　（浪《らう》）化《か》／薪過《すぎ》町の子共《こども》の稽古能　（芭）蕉　（浪化編『となみ山』元禄八年刊）という付合がある。芭蕉の付句は、薪能の後、本格的に春の訪れた奈良の町を描いたもの。其角がむしろ別の観能《かんのう》体験を生かして薪能の舞台を描いたのに対し、芭蕉は薪能の体験を別の能を想像させる句、例えば「むざんやな甲《かぶと》の下《した》のきりぎりす」（『おくのほそ道』）等に生かしたということはあるであろう。

⑸三千風《みちかぜ》・方山《ほうざん》・沾徳《せんとく》―従来の詠み方の継承と新しみ

従来の詠み方を継承しつつ、幾らか新しく詠んだ作品も見られる。

①能の薪むかしや謡《うた》ふ斧《をの》の声　三千風（三千風著『日本行脚文集《にほんあんぎゃぶんしゅう》』元禄二年刊）

南大門の能を

②雑《ざふ》　唐織《からおり》に草芳《くさかんば》しき薪哉　方山（方山編『枕屏風《まくらびょうぶ》』元禄九年序）

③地謡《ぢうたひ》のもえしさりなる薪かな　沾徳（沾徳編『文蓬莱《ふみよもぎ》』元禄一四年刊）

①は、三千風が貞享元年に薪能を見物した折の句。京から薪能を見に来た人物に会った記事や奈良の俊清の発句「修行者《しゅぎやうじゃ》に能の薪はおためなり」に「しばしとてこそ衣《きぬ》かけの陰《かげ》」と付句をした記事も含め、管見では俳諧師が実際に薪能を観たと明記する最初の例である。薪への注目は常套《じょうとう》的であるが、薪が斧で割られた音を後《のち》シテたる薪が昔を語る謡と聞くというのは、新しい。②は雑の句とあるが、薪から離れて、唐織の装束の華やかさと、舞台の芝草の芳しさで薪能のころの奈良の季節感も出ている。③は「暁」と題する句群の一句。暁を迎え、薪能の地謡の声も薪の火も弱まっているという句であるが、薪能が朝まで上演されることはない。しかし、この句は蝶夢編『類題発句集』や『俳諧名所小鏡』、屋烏《おくう》編の『俳諧十家《じっか》類題集』（寛政一一年〈一七九九〉刊）と、次代の類題集に例句として収められ、薪能の模範作として影響を与えたと思われる。

若宮祭能の句と水屋能の句

ここで、能楽研究においては無視できない若宮祭能・水屋能《みずやのう》の句について触れておこう。結論から言えば、季寄・歳時記類には幕末まで採録されているが、江戸後期類題集には季題として立てたものがなく、例句も少ない。そこで、句が詠まれつづけた薪能との違いはどこにあったのか考えたい。

まず、春日若宮祭の能は、一一月二七、二八日に催された薪能と並ぶ奈良の神事能である。しかし、季寄・歳時記では、「春日後日能」（胤矩《いんく》著『通俗志《つうぞくし》』享保二年〈一七一七〉序）などと、能に限定して季題として立てた例はあるものの少なく、むしろ「（春日）御祭《おんまつり》」として立てられている。それは、この祭には、能だけでなく田楽《でんがく》などの芸能も奉納されるほか、多様な行事があり、能だけに景物がしぼれる祭礼ではなかったことによろう。したがって能の例句も少ない。一例のみ挙げよう。

奈良の御祭《おんまつり》に
雪の日やにぎりつめたる舞扇《まひあふぎ》　丹野《たんや》（支考《しこう》編『笈日記《おいにつき》』元禄八年〈一六九五〉刊／上・湖南部・冬）

作者丹野は、本間左兵衛《さへえ》（主馬《しゅめ》）、芭蕉と交流のあった能役者・俳諧師である。丹野の伝については、口頭発表を行ったことがあり、別稿の用意があるので、ここでは詳細を述べない[5]。元禄六年から一五年にかけて若宮祭能・薪能に参勤している。薪能の句かと考えたこともあるが、出典の部立と前書の「奈良の御祭」に従えば「若宮祭」である。「雪の日」は事実なら中止のはずだが、開演後ちらちら降り出したという情景か。

虚構にしても其角と少し違うのは、寒さに舞扇を「にぎりつめたる」という所に実感があることである。南都神事能に出演した能役者が、演能を詠んだ貴重な例句である。

その一方、水屋能は、春日神社の摂社《せつしや》水屋社（現在の水屋神社）で、四月三日から五日に催された神事能で、酒船《さかふね》を置き酒盛りも行われた。宮本圭三によれば、禰宜衆《ねぎしゆう》が演じるもので、明和八年（一七七一）まで上演記録があるという［6］。例句を挙げよう。

①まじへてや水屋にゆやの能太夫　顕成《あきなり》（以仙編『落花集《らつか》』寛文一一年序）

②鞍掛や三日《さんにち》かけて水屋能　西鶴（編者未詳『点滴集《てんてき》』延宝八年序）

①は、湯屋《ゆや》に曲目の〈熊野《ゆや》〉を掛けた言語遊戯である。薪能が薪や火との縁で作る句が多いように、水屋能の句は水の縁で作るパターンが多い。②は「水屋」に「見ずや」を掛けて、「鞍掛に三日座って見ないではおられようか。水屋能は」という意と解釈できる［7］。西鶴は『西鶴俗つれづれ』（元禄八年刊）巻三の四「酔《ゑひ》ざめの酒《ママ（さか）》うらみ」でも、登場人物の伝六《でんろく》が水屋能見物に行く場面を書いている。「猩猩《しやうじやう》の乱《みだ》れ是一番、外《ほか》は酒《さけ》の糟祢宜《かすねぎ》と、咽《のど》を鳴《なら》して讃《ほめ》ける声《こゑ》のおかし」とあり、挿絵にも水屋能が描かれている（鞍掛はあるが酒船は描かれていない）。〈猩々乱〉の一番だけが見事で、後の演者は酒糟のような禰宜どもだと書いていることや、演者の中に顔見知りの社人《しやにん》を見付け酒を酌み交わす場面が続くことからも、作者が水屋能の実態を知って書いていることがわかる。しかし、水屋能の例句を見ても、西鶴が『俗つれづれ』に描いたような水屋能の特徴が出た作品はほとんどなく、管見では右の『点滴集』が水屋能の例句が見られる最後の撰集である。薪能ほ

ど実態が知られなかったというのが、水屋能の例句が少なかった原因であろう。

舞台や演能の雰囲気を描く―安永天明期（一）

(1)蝶夢と菊二《きくじ》―薪能を見ようとする俳人と「朝まで薪能」という誤った本意

安永天明時代（一七七二―八九）になっても、薪能の句の撰集への入集は少ないが、類題集には季題として立項されて、例句が収められるようになる。文化文政期（一八〇四―三〇）以後も薪能の例句は主に類題集で見られることになる。例えば、蝶夢編『類題発句集』（安永三年刊）には「薪の能」が立項され、前引の沾徳の句とともに、「脇僧《わきそう》の顔を背《そむ》ける烟《けぶり》かな　蝶夢」の句を引く（蝶夢の句集『草根《そうこん》発句集』にも所収）。その蝶夢の近江の門人菊二《きくじ》が、大和を旅した伊賀の同門杜音《とおん》に宛てた年次未詳三月一八日付書簡に、興味深い記事がある。

定而薪能御遊覧被成候御事と奉存候。野夫《やぶ》一両年先キニ岡崎五升庵《ごしようあん》にて　探題《たんだい》　薪能

五番目となりてうつらふ薪かな

か様ニ申候。未見不申候故おぼつかなくぞんじ候。

杜音はきっと薪能を御覧になったろう。自分は一、二年前に京岡崎にある蝶夢の五升庵で、探題で薪能が当たり「五番目と」の句を詠んだが、まだ薪能を観たことがないので、これでよいかおぼつかないという内容。当時の俳人が、薪能の時期大和を旅するなら観るべきものと思っている点、薪能を実際に観て作句したいと思っている点が注目される。句は、番組が最後の五番目物になり薪の火も弱まっている情景。薪能の最

後は祝言《しゅうげん》能というのが正確なのであるが、蝶夢編の『新類題発句集』（寛政五年〈一七九三〉刊）で薪能の例句として採られた。

この時代の作風は、現実の特定の舞台ではなく、一般に薪能らしい舞台や夜の演能の雰囲気を描くことに中心がおかれている。しかし、例えば、前出の沾徳の句に始まるものか、薪能が朝まで行われるように詠むことが本意のようになっているなど、実態から離れる例も出てくる。右の菊二の句や後に引く几董の句がその例である。以下、注目すべき作家の作品を見ていくことにしよう。

⑵ 涼袋《りょうたい》（建部《たけべ》綾足《あやたり》）――演能の表現の重視と名所を取り込んだ演能空間の表現

①僧はまだ薪に寒し水衣《みずごろも》　涼袋

涼袋編の『続三疋猿《ぞくさんびきざる》』（寛延元年〈一七八四〉刊）の「追加」に初出の句である。しかし、この句は同じ作者が寛延三年の旅を記した『紀行浦づたひ』に「薪の能」の前書を付して所収されている。この矛盾については、従来、涼袋（綾足）研究者も指摘していない。涼袋は、紀行文に旧作を収めることがあるのか。この作者の紀行観にも関わる問題であると思うが、今は問わない。寛延年間の薪能の記録が管見に入らず、ワキが僧の曲は多いので、出し物は不明。しかし、水衣を着たワキの旅僧の姿が寒そうだというところに、薪能の季節感は表現できている。さらに涼袋は、類題発句集の先駆である『古今《ここん》俳諧明題《めいだい》集』（宝暦一三年〈一七六三〉刊）に、季題として薪能を立て、①の句に次の二句を並べている。

②舞出《いづ》る采女《うねめ》や其処《ソコ》の柳より　同（涼袋）
③玉とりの波やけぶたき結縷草《シバ》の上　去路《きよろ》

興味深いのは、②③ともに「薪」の語のない句が採られていることである。これは、涼袋が薪能の句は演能の雰囲気を描くべしと考えていたことを示すと思われる。②は、〈采女〉の舞台を描いた句。この曲ゆかりの衣掛柳《きぬかけやなぎ》が南大門に近いことをふまえ、その柳の辺りからシテの采女の霊が登場したという作である。少し不気味な印象で演能の雰囲気は出ているが、句単独では、季詞は柳となり、薪能の句としては疑問が残る。しかし、猿沢の池周辺を含めた空間をも取り込んだ点で新しい薪能の句とも言える。実際、模範的な作品と認められたらしく、蝶夢編『俳諧名所小鏡』の「南大門」の例句に上五《かみご》「舞うて出《で》る」の句形で採られた。さらに、周辺の名所も取り込んだ句だからであろう、『大和名所図会』の薪能の挿絵にも「舞うて出る」の形でこの句が添えられている。③は〈海士《あま》〉の舞台を描いた作。「けぶたき」は、芝の上に漂う薪の煙であるが、薪能の縁というだけでなく、海士の舞台の波に擬《なぞら》えられているわけで、舞台の雰囲気を描こうとしているのである。

演能の美の表現—安永天明期（二）

⑶蓼《りよう》太《た》—開演直前のムード、薪能を用いた能大夫への追悼吟など

①夕霞《ゆふがすみ》たきぎの鼓《つづみ》しらべけり　蓼太（吐月《とげつ》編『蓼太句集初編』明和六年〈一七六九〉刊）

「奈良にて」と前書があるが、江戸住の蓼太が、薪能の期間に滞在した事実は確認できない。「夕霞が立つなか、鼓の調べの演奏が聞こえた。薪能開演の時が来たのだ」という意。期待高まる薪能開演直前の雰囲気を描いた句である。なお、蓼太編『七柏集《なながしわ》』（天明元年刊）所収の「新藁《しんわら》の」両吟《りょうぎん》歌仙の初裏《しょうら》一一、一二句目に「弓手馬手《ゆんでめて》みな月の友《とも》花の友《とも》　（歩《ほ》）丈《ぢやう》／薪に照らす能の夕暮　（蓼）太」という付合もある。蓼太の付句は、前句と合わせると月花を眺める俳諧の友が左右に並び、薪能を観ているという、想像ながら薪能の華やかさを表現したものとなる。また、蓼太には能役者の追悼吟に薪能を詠んだものがある。

　悼金春十三世即応《そくおう》禅休居士《こじ》
②あだし野や終《つひ》の薪の能舞台　（三駱《さんらく》編『蓼太句集二篇』天明六年刊）

前書の即応禅休居士は、金春家の系図では息翁禅休、金春氏綱《うじつな》のことと考えられる[8]。禅竹から数えて一三世の金春座の大夫で、安永七年（一七七八）正月一三日に、七二歳で没した。蓼太との関係は未詳であるが、禅の世界で交流があったものか。季詞は「薪の能」だが、追悼の雑《ぞう》の句である。また、荼毘《だび》に付されることを、化野《あだしの》が最後の薪の能舞台になるのだと観念的に詠んだものである。発想としては、火葬から、火あるいは焼くを経て、薪能を連想したというもの。しかし、忌日が薪能から遠くなく、金春座が薪能での序列では筆頭であり、脇能を最初に舞う優先権を有していたことを考えれば、季節感はやや薄いものの、薪能を季詞に選んだのは適切であり、恐らく前例がない薪能の詠み方であると考えられる。

⑷几董《きとう》と嘯山《しようざん》─演能の美の表現と演能の裏側

几董と嘯山は、ともに親族に能役者がいる京の俳諧師である。几董の父几圭《きけい》は金春流太鼓《たいこ》方速水伝左衛門《はやみでんざえもん》。また、嘯山の親族には和泉《いずみ》流狂言師の三宅藤九郎《とうくろう》・惣三郎《そうざぶろう》がいる。既に両者の薪能の句については拙稿で論じたことがある[9]。そこで、几董の句については修正を加えつつ新たに解釈し、嘯山の句については大半が重複する内容になるが、以前の拙稿では割愛した資料を加えて述べたい。

きさらぎ南都に遊びて

①熊坂《くまさか》に春の夜《よ》しらむ薪哉　几董（松化《しようか》編『わすれ花《ばな》』天明二年刊）

①は几董の句稿『晋明《しんめい》集二稿』、「南都にて」の前書で句集『井華《せいか》集』（天明七年序）にも収め、後に『発句題林集』（車蓋《しやがい》編、寛政六年〈一七九四〉刊）にも収める。出典刊行に近い天明元、二年の薪能に実際〈熊坂〉は出たが、想像の句と考えられる。「春の夜しらむ」は「夜も白々と赤坂の」の〈熊坂〉の文句と、本曲が最後の祝言能の前に上演される四番目物であることをふまえ、熊坂の上演とともに、春の夜も白み、薪の火力も衰えていくと詠む。しかし、終演時間の記録は余りないものの、朝まで上演されることはない。一夜の演能の美を理想的に表現しようとして、実際の薪能から離れた憾みがある。けれども、薪の火に照らされ後シテの熊坂の亡霊が、華麗な装束を身につけ長刀《なぎなた》を振るう派手な舞が思い浮び、ここに至るまでの演目も想像され、華やかな春の夜の時間経過も感じられる句になっている。

②させんせじの論や薪の能のもめ（嘯山著・李流《りりゅう》校『葎亭句集《りっていくしゅう》』享和元年〈一八〇一〉跋）

出典には「薪能」が季題として立てられているが、それ自体、当時の句集・撰集（類題集を除く）に他に例がない。上五を「させんせし」と読む翻刻もあるが、「させんせじ」と読むのがよい。薪能は、既述のように荒天免除であるが、雨や雪が晴れた後の判断は微妙である。前引「南都ノ賦」や「鼻紙にためすしめりや薪能　旦霞《たんか》」（鶴声編『はしらごよみ』元禄一〇年刊／二月七日）という句があるように、芝の上に鼻紙を四枚敷き、それを踏んで、水が紙を三枚通れば延期となる。そのような時、興福寺の衆徒は能を上演させたい（「させん」）と要求する。しかし、能役者は濡れた芝の上で舞いたくはない（「せじ」）と免除を求める。そこで揉《も》め事もあった。

例えば、『南都両神事能留帳《とめちょう》』の安永九年（一七八〇）二月一二日の条によれば次のようなことがあった[10]。この日の朝、地面に「しめり」があったため、能役者が「御免《ごめん》」を願い出たが、衆徒は聞き届けなかった。暮前に開演したが、宝生座は〈田村〉の中入《なかいり》で中止、金剛座は次の〈烏頭《うとう》〉だけと一番ずつで済ましてしまった。亥の刻にまで及ぶ「掛合」（争い）の末、次の〈鉢木〉の中入まで上演されたが、後の二番は免除となったという。嘯山が活躍した宝暦から寛政（一七五一―一八〇一）に限れば、揉め事の記録はこれくらいのものである。しかし能界通の嘯山は、そのような揉め事もあることを耳にし、華やかな舞台の裏側の現実を捉えて薪能を新しく詠んだのである。

能と俳諧をつなぐもの

以上、季題「薪能」の作風の変遷を見ていくと、結局は演能の美しさを詠むところに至ったといえよう。では俳人たちは、なぜ能を詠んだのであろう。これは筆者が考え続けてきた問題であるし、本稿で薪能の句を追うことだけで解答が出せるわけではないが、現時点で少しだけ答えておかなければなるまい。薪能の場合、季節感の豊かさといったことが加わろうが、演能そのものに魅かれていったのは、身近な歌舞伎と比較して、より抑制された型を持つ演技やより抽象的な舞台に、俳諧表現に通じる少し高雅な象徴性を見たからではないか。その能はまさに、一般的に否定的な評価がされがちの江戸時代の能であったわけであるが、俳人たちの目は、そうした評価を再考させるものでもあろう。

注

［1］成澤勝嗣「奈良名所図屛風」（『国華』一二七七、朝日新聞社、二〇〇二・三）に紹介する、元和期（一六一五―一二四）の屛風（細見美術館所蔵）の花盛りの奈良に薪能は描かれていない。絵画資料であるが参考になる。

［2］以下、享保までの演能記録は、表章・中村保雄解題・校訂『薪能番組』（芸能史研究会編『日本庶民文化史料集成第三巻　能』三一書房、一九七八）、表章「南都両神事能索引」（『能楽研究』一六、一九九一・一二）による。

［3］今泉準一『五元集の研究』（桜楓社、一九八一）等が想像説を採る。

［4］「芭蕉と薪能」（『大阪俳文学研究会会報』一三、一九九八・一二）

［5］「本間丹野（主馬・左兵衛）伝考」（俳文学会第五七回全国大会研究発表、二〇〇五年一〇月九日、松山東雲女子大学にて）。なお、掲出句については、薪能の句と解したこともある（「近世俳句の雪月花の自在さ」〈『俳句研究』七三巻八号、富士見書房、二〇〇六・七〉）

［6］『上方能楽史の研究』（和泉書院、二〇〇五）

［7］前田金五郎『西鶴発句全注釈』（勉誠出版、二〇〇一）は、本稿とは別の解釈を示す。

［8］表章・伊藤正義校注『金春古伝書集成』（わんや書店、一九六九）による。

［9］「几董の能の句」（『上智大学国文学論集』三三、二〇〇〇・一）、俳文学会東京研究例会ホームページ・「古俳句鑑賞」第一回（二〇〇三・五・一七）。

［10］大森雅子『南都両神事能資料集』（おうふう、一九九五）による。

井上泰至

恋愛の演技

――『春色梅児誉美』を読む

新しいジャンルは、既成のジャンルの〈引用〉から始まることが多い。その場合、〈引用〉はジャンルの権威付けやパロディばかりではない。既成のジャンルに対する新たな解釈が、ジャンルを生み出す原動力となることもある。例えば、恋愛小説が、読者を男から女にシフトする場合、旧来の恋愛小説を反転して引用することは、新しい角度からの恋愛を「新鮮」に提出することになるだろう。最初の女性向け小説〈人情本〉とは、そうして定立したものではなかったか？

恋愛のマニュアル

二葉亭四迷の小説『平凡』（明治四十年）は、老け込んだ中年の主人公古屋が、その「平凡な」半生を振り返るものだが、そこに次のような一節がある。

私は是より先春色梅暦《しゅんしょくうめごよみ》という書物を読んだ。一体小説が好きで、国に居る時分から軍記物や仇討物《あだうちもの》は耽読《たんどく》していたが、まだ人情本という面白い物の有ることを知らなかった。これの知り初めが即ち此春色梅暦で、神田《かんだ》に下宿している友達の処から、松陰伝と一緒に借りて来て始《はじめ》て読んだが、非常に面白かった。此梅暦に拠《よ》ると、斯ういう場合に男の言うべき文句がある。何でも貴嬢《あなた》は浦山敷《うらやましく》思わないかとか、何とか、ヒョイと軽く戯談《じょうだん》を言って水を向けるのだ。思切って私も一つ言って見ようか知ら……と思ったが、何だか、どうも……ソノ極《きま》りが悪い。（三十六）［1］

法律の勉強のため上京して伯父の小狐家に下宿する古屋は、この時代にはお定まりの出会いで、小狐家の娘雪江に恋をするが、想いを打ち明けられないでいる。伯父夫婦のいないある日のこと、雪江が「一寸いらッしゃいよ、此処へ。好い物があるから」と部屋に招き入れる。古屋は、千載一遇《せんざいいちぐう》の機会到来にぶるぶる震えながら部屋に入ると、そこには山盛りの焼き芋が。震える手で皮ごと芋をほおばる古屋をいぶかりながら、雪江は、両親が知り合いの結婚式に出かけていていないのだと告げる。そこで、古屋は『春色梅児誉美《しゅんしょくうめごよみ》』に倣って口説く台詞《せりふ》まで思い浮かんだが、恥ずかしくて口にすることができずにいるうち、雪江は帰ってきた女中の松と話し込んでしまうという、意気地《いくじ》がないというべきか、その内気さ不器用さを哀れというべきか、笑いを誘わずにはいられない顚末《てんまつ》となる。

『平凡』は、四迷自身をオーバーラップさせる書き方をしているから、古屋が『春色梅児誉美』を読んだのは、明治十年代の後半ということになろう。その頃でも『春色梅児誉美』は恋愛小説の代表格であったらしい。特に男性読者にとっては、複数の女性とからむ男主人公丹次郎の言動は、恋の手本ともなったのであろう。古屋自身は、その後妄想にふけるばかりで、雪江を口説くこともできず、ついに雪江は他へ嫁いでしまう。古屋の妄想はますます募り、人情本《にんじょうぼん》を耽読《たんどく》、果ては外国文学にまで発展し、中途半端な文士への道を歩むこととなる。古屋は「文学の毒に中《あて》られた者は必ず終《つい》に自分も指を文学に染めねば止まぬ。」と言うが、『春色梅児誉美』は、いずれにしてもその面白さ、特に演技による恋愛の駆け引きの点から、彼を文学に引きずり込む力があったことだけは間違いない。

以下は、その力とは何であったのかを、江戸の恋愛小説に描かれる演技の本質＝定型と、その変型によるジャンルの生成という観点から分析してみた。人情本というジャンルを決定付けた『春色梅児誉美』という作品は、従来の恋愛小説から何を受け継ぎ、何を異化して新しいジャンルを創造したのか。さらに言えば、これまでの文学史では、演技よりも真情に焦点が当たってきたこのジャンルに、演技の要素を発見できるとすれば、人情本というジャンルの性格、およびそれとは切っても切れない「いき」の美学についても新たな視点が得られるかも知れない。そこで、まずは、『春色梅児誉美』の分析に入る前に、議論の前提として、恋愛における演技の意義について理論的に確認しておく必要がある。

なぜ恋愛に演技は必要か

恋愛は、真情だけでは成り立たない。恋愛は、魅力的な対象を欲求する強い情動から出発するにしても、それだけでは恋人の獲得という成功のための必要にして十分な条件とはなりえない。恋愛のコミュニケーションには、段階的な自己開示、恋人・夫婦としての役割獲得、儀礼的場面の克服といった「演技」を要求される。

たとえば、対象となる異性との初期の会話の場面で、いきなり自己の直情をそのままぶつけることは、まずもって逆効果であろう。相手が同程度の強い情動を持っている可能性は極めて低いし、自分の情報や内面ばかり語る者は、いきなり親密な関係を求める、一方的でぶしつけな、あるいはひとりよがりで相手のことを知ろうとしていない人間、ということになってしまう。多少相手に興味があっても、恋愛というある意味危険な賭けに踏み込むには、慎重になるのが一般的であるし、一方で、何もかもわかってしまった秘密のない異性は、恋愛の対象としての魅力の大半を失ってしまっている、とも言える。結局、こういう場面では、自分の熱情を小出しにしながら、相手の話に興味を持って聞く姿勢が、最低限の「演技」として要求されるであろう。

また、互いを特別な異性として意識する段階に入っても、プレゼントを贈る・デートをする・手や腕を組む・恋人として第三者に紹介する・婚約指輪を贈る、といった段階的な社会的認知を伴う儀礼的場面が待っており、そこでは恋人としての役割をうまく演じることで、コミュニケーションが成り立つ。儀礼は、この場合、おおよそ二つの要素から成る。一つは、相手への敬意・愛情、もしくは自分が恋人として価値があることを、相手あるいは証人たる周囲の人間に表明する「提示」、もう一つは、自己の大切なものを捧げて自分にとって特別な異性であることを証拠立てる「供犠《きょうぎ》」とから成る。そして、儀礼には、形骸化したものもあるが、恋愛や結婚がその社会でどういう意義を持っているかを反映したルールが必ず存在する。デートないし手や腕を組むというのは、恋愛結婚が一般化するにつれて定着したものであるはずだし、給料の三ヶ月分という婚約指輪の相場は、これを贈る対象が他にないことを証拠立てるのに適当な金額であるからだろう。

さらに言えば、恋愛の演技は、そうした儀礼における型どおりのケースにのみ求められるのではない。親しい友人が待ち合わせに遅れてきた場合は、「怒る」という「攻撃」「処罰」の行動に直接出ても支障はないし、それはある意味親密さと信頼の上に成り立ったものとも言えるが、恋人の遅刻には女性の場合、攻撃よりも「すねる」という「媚態《びたい》」を含んだ行動の方が、効果的かも知れない。また、こちらが学生で相手が社会人なら、学生の側は服装や態度、さらには心情すら普段より背伸びしたものになる場合が多いだろう。さらに、恋人が一種の社会的「役割」であることは、女性が恋人から自分の名前を呼び捨てにされることを強く望むといった例に典型的なように、呼び名によって二人の関係が規定されていることからも確認できよう。「演技」は日常の恋愛行動のそこここに見出せる［2］。

演技と感情のバランス

演技は、程度の差こそあれ自分で他者の目に映る自己像を想定したものであり、そこには自己を客観視した冷静な目が必要となってくる。しかし、一方で真情のこもらない演技だけでは、心の共鳴も、心身の交歓も得られないのであって、たいていの恋愛は、「冷静」と「情熱」という対極の心を要求されるディレンマに直面し、そこで行き悩むのである。それは、ちょうど役者が演技をする際、心に重心を置くべきか、身体に重心を置くべきか、という演技論の中心テーマと同方向の問題を孕んでいることを想起させる。最高の演技者、即ち最高の恋人とは、世阿弥《ぜあみ》のいう「離見《りけん》の見《けん》」［3］のように、役の魂を自分のものとしながらも、一方で、自己の主観を離れて観客から見た自己像を頭にモニターする意識をどこかで併せ持つ、という離れ業をやってのけられる人間ということになるのだろう。

近世文学の恋愛の舞台は多く、遊里である。そこでの恋は、仮構のものではあっても、いや仮構の恋だからこそ、その儀式性・演技性が強調されることで恋は成り立つのであり、客はその徹底して様式化されたルールに従うことから始まって、演技の恋を楽しむことが、この世界に遊ぶ資格となる。そのようなルール（諸分）を知ることは、「通」への入口であり、遊女の演技をひたすら真実と錯覚してしまっては、「野暮《やぼ》」「頓直《とんちき》」となってしまう。だいたい遊里の経済原理は、遊女に多くの客が集まるほどその価値を高め利益を生むのであって、遊女はいかに「実」を演技してそれぞれの客に自分だけと思わせるかが要求される。従ってその演技は御座《おざ》なりのものではなく、相手に対している間はその気になって恋人を演じるものであればあるほどよいことになる。客の方も、自分だけと思い込んだり、独占しようなどとは思わず、対面している時間に全力を傾注して「夢」の世界に遊べばよい［4］。この演技のバランスが崩れて遊女も客も本気で愛し合ってしまったら、よほどの経済的裏打ちがないかぎり、落魄《らくはく》・心中の悲劇が待っているのである。

恋の舞台・恋の楽屋

抑《そも》丹次郎《たん》と米八《よねはち》は、色《いろ》の楽屋《がくや》に住《すみ》ながらいつしか契《ちぎ》りしかね言《ごと》をたがへぬみさほの頼母《たのも》しく、尋《たづ》ねて深《ふか》き中《なか》の郷《がう》、九尺二間《くしやくにけん》の破畳病《やれだたみやまひ》の床《とこ》に敷《しき》ものも、薄《うす》き縁《えに》しとかこちたる、恨《うら》み泪《なみだ》の玉《たま》のこし捨《すて》て貧苦《ひんく》をいとはじと、誓《ちか》ふ寔《まこと》の恋《こひ》の欲《よく》、これぞ流《なが》れの里《さと》にある、人《ひと》の意地《ゐぢ》とは知《し》られけり〔5〕

この一節は、『春色梅児誉美』巻之一第二齣《せき》の冒頭、落魄して向島中の郷に身を隠す丹次郎を恋人米八が尋ねあて、互いの状況を語るうち一儀にいたった前回を受けたもので、その浄瑠璃調の文章は、恋の時間の情調を演出するものであった。そこで作者為永春水《ためながしゆんすい》は、物語の設定を「色の楽屋」と定義づけている。確かに『春色梅児誉美』は、「色」を演技して生業とする芸者や娘浄瑠璃が、演技抜き欲得抜きにというか、逆に男に貢いで恋のさや当てをする物語である。この設定は、そうした「色」を演技して切り売りする女たちのバックステージをのぞく興味もあったであろう。実際これまでの文学史は、前節で筆者が整理したような「色の舞台」の論理を基盤とした洒落本《しやれぼん》が、その末期に至って実情を描くようになった点から人情本の始発を語る〔6〕。たしかに、登場人物の心理・行動に着目すると、演技中心の洒落本から、真情中心の人情本という図式は成り立つ。しかし、『春色梅児誉美』の成功はそこだけにあるのではない。この作品の今ひとつの仕掛けは、「色の舞台」を逆転した構図をその基本設定としていた点にあると思う。

繰り返しになるが、『春色梅児誉美』は、本来「色」を演技して生業とする芸者や娘浄瑠璃が、演技抜き欲得抜きにというか、逆に男に貢いで恋のさや当てをする物語である。さらに、男主人公丹次郎に着目すると、演技と熱情を絶妙のバランスで操る丹次郎は、社会的に見れば「色男金と力はなかりけり」の典型ながら、こと恋愛の世界に限っては究極の演技者であり、恋の演技のプロであるはずの女たちをふりまわす。つまり、一人の女性に複数の男性がからみ、特に女性に演技が要求される「色の舞台」たる洒落本の世界を受けて、

「色の楽屋」たる本作では、これをまったく裏返し、一人の男性に複数の女性がからみ、今度は男性の側に特に演技が要求されるよう書かれていた。金銭の関係も、「贈与」は洒落本が男から女に行われるのに対し、『春色梅児誉美』の場合は、女から男への「貢ぎ」へと逆転している。つまり、『春色梅児誉美』は、「色の舞台」たる洒落本のような世界のパロディとして出発し、役割も演技も男女入れ替わった点にまず新味があったはずである。

その傍証となるのは、本書の登場人物の命名法である。女主人公の一人米八を一芝居打って吉原から深川に住み替えさせながら、後で宝剣の詮索の方便とは知れるものの丹次郎・米八の間に割って入る千葉の藤兵衛は、洒落本『辰巳婦言《たつみふげん》』『船頭深話《せんどうしんわ》』(式亭三馬《しきていさんば》)『船頭部屋《せんどうべや》』(猪牙散人《ちょきさんじん》)のシリーズでお馴染みの藤兵衛をきかせた命名であることが指摘されている[7]。山口剛は、その意図をおとまに嫌われながら、金づくで無理押しをする洒落本の藤兵衛と千葉の藤兵衛とを対照させることで、通であり、理解があり、情がある男に仕上げることにあったとし、その効果として言い寄られる米八の苦衷を一層深くし、あわせて春水のパトロンと目される津国屋藤兵衛をモデルとして称揚することになった、とする。そういう効果を否定するものではないが、それだけではない。方便としての横恋慕という事情が読者に見えてくる以前の本書前半では、藤兵衛は、米八への恋情もさることながら、むしろ米八が操を立てるのに障害となる、言い換えれば米八の操を試す側面を持った存在として設定されている。そもそも『辰巳婦言』のおとまは、操を立てることなど眼中にない現実的な存在として、演技で客の情意をつなぎ、藤兵衛はこの演技に振り回されて金を出す。これに比べて『春色梅児誉美』後編巻之四では、藤兵衛が義理づくで米八を口説いても、米八はおとまのように巧みな演技で相手をそらしたりだましたりせず、世話になった藤兵衛への義理に苦しみながらも、精一杯の啖呵《たんか》を切って丹次郎への操を立て通す。これを受けて「辰巳婦言の藤兵衛にどこか似よりの役はまり、名さへも同じ二枚目がたき」と藤兵衛自身に滑稽味たっぷりに言わしめているのは、藤兵衛に洒落本的世界を代表して侵入させ、対する女には全く逆の行動をとらせることで、本作が「色の楽屋」という洒落本の反転世界にあることを浮き彫りにさせていたのである。

また、藤兵衛の恋人梅のお由ならびに、丹次郎の許嫁お長は、浄瑠璃・歌舞伎から読本《よみほん》にも取材される梅の由兵衛長吉殺しの二人を女性に移し変えた命名であることも指摘がある［8］。これは、九返舎主人《きゅうへんしゃしゅじん》が本作二編序に指摘するとおり、男女を入れ替える「変生女子《へんせいじょし》の新工夫」と言えよう。侠客《きょうきゃく》梅の由兵衛を気随《きずい》の勇み肌小梅の女髪結お由に、長吉をお長こと娘浄瑠璃竹長吉に転じていたわけである。他にも梅の由兵衛ものと本作との関連はいくらも指摘できるが今はただ、男女の逆転の傍証として、命名法にそれがみえることのみ注意しておきたい。

さて、『春色梅児誉美』が「色の舞台」たる洒落本の反転世界であるから、演技はなくなって全て真情のみの恋が展開されるか、といえばそうではない。パロディであはっても、というかパロディであればなおさら、洒落本がそうであったように、『春色梅児誉美』もやはり恋愛の演技の物語なのである。より恋愛の本質にそって言えば、演技のない恋愛などあるはずはなく、ただ演技で複数の異性を振り回す役割が女から男に、真情にからめとられて振り回される役割が、男から女に替わっただけのことである。ただし、この役割の変更は洒落本から人情本へのジャンル生成にかかわる問題であり、以下、作品に即して検討することが課題となる。

演技の戦略① 冷静と情熱の間

人情本は一人の色男に複数の品の異なる女性が絡むのが常套《じょうとう》であるから、男の言い訳は本来白々しいものである。しかし、それだけでは、不実な何の魅力もない男が多くの女の気を引くことになり、説得力に欠けてしまう。読者から不実は透けて見えても、なお恋愛対象としての魅力がなければ、作品の魅力も望み得ない。作者春水は、そこのところにどういう工夫を凝らしていたのであろうか。

第六齣で、丹次郎と離れ離れになっていた許婚《いいなずけ》のお長は、多寡橋《たかばし》の往来で遭遇し、鰻屋の二階で、唐琴屋を出てから富岡で危難にあい、お由に助けられ今は娘浄瑠璃の修行の身となっている境遇を語り、丹次郎もこれに同情する。丹次郎はこの時、唐琴屋の内芸者から深川に住み替えた米八に援助され内縁関係にあるが、お長の手前それは明かせない。お長はそれとも知らず、丹次郎に今後の好意を請い、丹次郎の住所を尋ね、訪問の約束を取り付けようとするが、丹次郎は米八との関係が露見することを恐れ、なかなかこれに応じようとしない。そこにちょうど勤め帰りの米八と出くわし、(以下七齣)丹次郎との関係を知らされたお長は米八と恋のさや当てを演じる。双方譲らぬ気まずい雰囲気に、米八の朋輩《ほうばい》梅次の機転で、丹次郎はお長を送ることとなり、まずはその場を引き取る。さて、その送る道々である。米八と丹次郎の関係を知ってふさぐお長は、思い切って丹次郎の腕に取りすがり、その媚態とは逆の、攻撃的な言葉をかけはじめる。

長「お兄《あに》イさん　丹「ヲ　長「おまへさんは誠《まこと》に憎《にく》らしいョ　丹「なぜ　長「なぜといつて、先刻《さつき》も米八《よねはつ》さんのことをいつたら、知《し》らぬ皃《かほ》をしてお出《いで》なすつて、いつの間《ま》にか御夫婦《ごふうふ》になつておいでなさるじや

ア有《あり》ませんか　丹「ナニそういふわけもないが、おいらが浪人《らうにん》してこまつて居《ゐ》て、殊《こと》に病気《びやうき》の最中来《さいちうき》て、彼是《かれこれ》世話《せわ》をしてくれたからツイ何《なん》したのだ　長「ツイ夫婦《ふうふ》におなりか　丹「ナニ夫婦《ふうふ》になるものか　長「それでも末《すゑ》には一所《いつしよ》になるといふ約束《やくそく》じやアありませんかへ　丹「ナニナニ夫婦《ふうふ》にはなりやアしねへヨ　長「そして、だれをおかみさんになさるのだへ　丹「おかみさんは米八《よねはち》より十段《じふだん》もうつくしいかわいらしい娘《むすめ》がありやす　長「ヲヤ何処《どこ》にヱ　丹「これ爰《ここ》にさトいひながら、お長《ちやう》をしつかり抱寄《だきよせ》て歩行《あるく》。お長《ちやう》はうれしく、すがりし手《て》に力《ちから》をいれて、二《に》の腕《うで》の所《ところ》をそつとつめり、眼《め》のふちをすこしあかくして、につこりとわらふゑがほのあいらしさ。

　丹次郎の歯の浮いた台詞に一転心をとろかせてしまうお長に、他愛《たあい》なさを感じる向きも多かろう。しかし、事実上の夫婦関係を構築しているライバル米八が、女性としてもはるかに成熟している存在であることを考えれば、誰と夫婦になるかという問いは、許婚という、現状ではお長の唯一の優位を基盤としたものであるし、その答えとして、「米八より十段もうつくしいかわいい」というお長への誉め言葉は、お長の想定を超えた言葉の贈り物となったに相違ない。お長の媚態と攻撃は、格別の愛情を期待しているがゆえに、それを得られるか否かについて大きなリスクを抱える、恋人なら誰もが直面するはずの不安と表裏一体のものであり、お長こそがその美ゆえに多くの女性から選ばれた存在であるとの丹次郎の回答は、たとえそれが演技の要素を含んでいたとしても、愛情のしるし／保障としてはこれ以上ないものなのである。

　ここで、なお丹次郎の不実について釈然としない思いの読者に断っておきたい。この小説が一夫多妻を事実上容認する前近代の男女関係を前提にしており、そこが現在と当時の女性読者の、こうした場面に対する立場を異なるものにしていることは言うまでもない。ただし、こうした女性史による対比のみでは、問題の本質を取り逃がしてしまう。丹次郎にお長を夢中にさせる魅力があるのだとすれば、それは他の女性たちにも魅力的なもののはずで、そのような丹次郎を愛してしまったお長は、丹次郎をその魅力ゆえに独占はしたいが、その魅力ゆえに独占は難しい、という恋愛が抱える本質的なディレンマにある。そしてお長が一瞬でもこのリスキーな恋愛の勝者となった（と思えた）からこそ、この作品は恋愛小説の枠となっているのである。それほどに恋愛とは本質的にリスクを伴い、だからこそ、現実ではなく小説のなかで消費する快楽が求められる、という恋愛小説の本質については以前論じた[9]。

既に同じ七齣では、丹次郎とお長の出逢いに嫉妬した米八が、「お長さん、男といふものはどうもたのみになるやうで頼にならないもんだ。のう梅次さん」と丹次郎への当て言を言うのにたいし、「そりやアそうだけれど、なんでも女の気魂《きこん》次第さ。此方が惚《ほれ》りやア他もほれるから油断をするといかないよ」と梅次に味わい深い教訓を言わしめている。恋という危険なゲームに参加した以上、大きなリスクは当然なのである。

結局、丹次郎の魅力の源泉とは、相手に対している時には「本気」で恋人を「演技」する「冷静」と「情熱」のバランスにあった、と言ってよい。丹次郎は不実を詰られても、冷静である。困惑もしないし、謝罪もしない。それが相手の本当に求めているものではないからである。彼は、攻撃がある限り、それは愛情の保障を求めているのに過ぎないことを知っている。

演技の戦略②　嫉妬

呼び名は恋愛関係の深度を量るバロメーターだが、お長も逢瀬《おうせ》を重ねるうち、丹次郎を「兄さん」から

『春色梅児誉美』第十齣挿絵（日本古典文学大系から転載）
丹次郎がお長の髪を梳いている。「髪梳」は、歌舞伎で女が男にしてやる愛情表現の演出定型であり、官能的で愁嘆場を構成し多く音曲を伴った（郡司正勝「髪梳の系譜」『かぶき　様式と伝承』ちくま学芸文庫、二〇〇五年）。この挿絵場面は、男女の役割を入れ替え、音楽も湿っぽい江戸長唄のめりやすから戯れ唄にして、その情調を愁嘆から戯笑に転じたパロディとなっている。歌舞伎に親しい女性読者は、この反転の趣向も堪能したであろう。

「おまへさん」と呼ぶようになってくる。その変化の過程で、丹次郎はただお長を誉めるだけでは芸がない。七齣に続く二人の逢瀬は、第十齣である。予告もなく早朝にお長が丹次郎を訪ねるところからも、この間に関係は深化していたと見るべきであろう。

丹「ナニ別段《べつだん》に中《なか》のいいといふわけはねへが、彼是《かれこれ》世話《せわ》をしてくれるから、わりい皃《かほ》もされないはナ　長「わりいお皃《かほ》どころか、いつかもうなぎやの二階《にかい》で、おまへさんが米八《よねはち》さんの皃《かほ》をおみなさるお皃《かほ》と言《いつ》たら、そのかはいらしい目《め》に愛敬《あいきやう》らしい風《ふう》をして、喰《くひ》ついて上《あげ》たいよふに見へましたものウ　丹「つまらねへ事をいふ。おめへこそ一日《いちんち》ましに美《うつくし》く娘《むすめ》ざかりになるから、今《いま》においらがやうな貧乏人《びんぼうにん》は突出《つきだ》すだらふ（中略、この間丹次郎はお長の髪を結い直し、お長は好意に甘える。）丹「サア結《いつ》てやらう。糸鬢奴《いとびんやっこ》かくりくり坊主《ぼうず》にするか、疱豆《ほうそう》をモウ一《いつ》ぺんさせるか、何《なん》でもチツト皃《かほ》かたちに申分をこせへねへけりやア、人《ひと》が惚《ほ》れてうるさいばかりか、由断《ゆだん》がならねへ　長「よいヨ兄《にい》さん、そんな事をいつてだまかしておくのだヨ　丹「ナニほんとうに気《き》がもめるからさ　長「イイヱうそだよ。其証古《そのせうこ》には私《わちき》にはさツぱりかまつておくれでないものを（すべてお長がものいひ、あまへてすねる心もちにてよみ給ふべし）丹「どれどれ、サア是《これ》からうるさい程《ほど》かまつて上《あげ》やう。逃《にげ》るときかないヨト引寄《ひきよせ》て横抱膝《よこだきひざ》のうへにのせ　丹「サアお長《てう》や、乳《ちち》飲《のん》で寝《ねん》ねしなヨト（わらひながら）皃《かほ》と皃　長「アレくすぐツたいヨといふ声《こゑ》も、忍《しの》ぶは色《いろ》の本調子《ほんてうし》……

お長の嫉妬という攻撃に対し、丹次郎は向きになどならない。それが愛情の要求に過ぎないことを逆手にとって、お長の美に対し嫉妬しかえす。丹次郎ゆえに「一日ましに美」しくなるお長は、当初の生硬さから脱皮しつつあり、丹次郎を恋の危険にさらす存在に成長した。己の独占欲にも振り回されず、むしろその独占欲の表現をお長との愛の交歓への契機に転用することこそ、丹次郎の「演技」の戦略＝筋書きなのである。しかし、「嫉妬」の感情が真に迫っていなければ、お長の心へ訴える「演技」とはならない。「ナニほんとうに気がもめるからさ」という台詞は、言い訳にとどまらない、自分の心に言い聞かせるような味がある。攻撃の台詞とは裏腹にお長の姿態は媚態を含み、やがて台詞はいらない段階へと至る。媚態同様に愛の保障欲求に過ぎない「嫉妬」を自らの演技に転用したのが次なる段階であった。

演技の本質＝感情の再現

三度目の逢瀬は、お長が娘浄瑠璃として仕事に出るようになり、亀戸《かめいど》の梶原屋敷で番場の忠太から強引に言い寄られ、数寄屋に逃げ込んだところで、米八の箱持として控えていた丹次郎と邂逅《かいこう》する第十三齣である。お長は、金をとるため「演技」を強いられる勤めの苦労、米八との関係への嫉妬、なかなか丹次郎と逢えない不満を並べ立て、「よいヨ私はどふで今に死でしまふから、米八さんと中をよくなさいまし」「とても私は苦労したとつていけないからはやく死んでしまふヨ」と攻撃の度合いは喧嘩のレベルに上がってくる。それでも丹次郎は「冷静と情熱の間」の世界に居続ける。

丹「……斯《かう》して米八《よねはち》のほうへ附《つい》て来《く》るのも、金《かね》の都合《つがう》をはやくさせて、おめへをお由《よし》さんの方《ほう》へ一旦帰《いつたんかへ》さねへけりやア男《をとこ》がたたねへ。といふは表向《おもてむき》、実《じつ》はどふも気《き》がもめてならねへ　長「なにがヱ　丹「何《なに》がといつて一日増《いちんちまし》に仇《あだ》になるおめへを他人中《ひとなか》へ手放《てばな》して置《おく》が気《き》になつてならねへ。どふも他《ひと》が只《ただ》はおくめへとおもふと夜《よる》も夢《ゆめ》に見てたまらねへ時《とき》なんぞがあるものを　長「ヲヤ啌《うそ》ばツかりにくらしい　丹「ナニ啌《うそ》じやアねへ。丁度今夜《てうどこんや》の様《よう》なことがあるから、油断《ゆだん》はならねへ　長「イイヱ米八《よねはつ》さ゚んが気《き》にかかるものだから附《つい》てお出《いで》のだヨ　丹「ナニそふじやアねへ。おいらのことよりおめへがだれとか約束《やくそく》して、此《この》数奇屋《すきや》で待合《まちあは》わせるのだろふ。邪魔《じやま》になるとわりいから、おいらア供部屋《ともべや》へ行《いか》ふト立《たち》あがればすがりつき　長「ナゼマアそんなかわいそふなことをお言《いひ》だねへトいひつつ泪《なみだ》はらはらはら、身《み》をふるはして泣《なき》皃《がほ》の、目元《めもと》にほんのりあかねさす、それさへおぼろにわからねど、いだきよせて丹次郎《たん》　丹「じやうだんだヨ堪忍《かんにん》しな。ほんに今《いま》までしみじみと、二人《ふたり》ではなしもしなんだが、おいらゆゑに此苦労《このくらう》、さぞつらからふが辛抱《しんぼう》してくんな。其《その》うちにはどうふかして、おめへをとりかへすから

犬も食わない痴話喧嘩と切り捨ててしまうのは簡単である。しかし、お長が最も求めていた抱擁と愛の保障をいきなり丹次郎が行なってもこれほどの効果はない。愛情表現の含意をもった攻撃たる嫉妬から始め、ついには不信の演技でその場を立ち去ろうとすると、どうしてお長は泣きだしてしまうのか？それは、お長の嫉妬をそのまま丹次郎がやりかえしているのだから、お長にも愛の含意は当然受け取れるし、丹次郎は嫉妬という愛情と攻撃の混在した行動が、下手をすると対象を遠くへ追いやってしまうリスクを「演じて」みせたのである。丹次郎の演技の戦略は、誉め言葉にせよ嫉妬にせよ、相手の女の感情を再現し、効果的なタイミングで提示することにあった。それだけ丹次郎は敵を知り冷静で戦略があり、対するお長は自らの感情に突き動かされている。その「情熱」こそ恋愛の本質だと思う向きには、丹次郎の冷静さは唾棄《だき》すべきものかも知れないが、当事者から読者に立場を転じてみれば、丹次郎の「冷静」も恋愛の本質の一面と思い知らされるのである。

お長とて、丹次郎の演技の背後に欺瞞《ぎまん》や不実の匂いがすることを嗅ぎ取らないわけではない。身を寄せ合う二人には言葉のいらない時間が流れ、宴会の最中にある座敷からはやり歌「惚過《ほれすご》し」が聞えてくる。

噂《うはさ》にも気《き》だてが粋《すい》でなりふりまでも、いきではすでしやんとして、桂男《かつらをとこ》のぬしさんにほれたがえんかヱ
ヱ

大勢の異性から注目される魅力を持ち、相手の心を推量してふるまえる「粋」な男を「ぬしさん」として選択し、恋愛の局面の当事者になってしまった以上、そこから生まれるリスクや不安に脅え、嫉妬の感情に苦しむことも「縁」＝運命なのだと自らを納得させるこの女の台詞は、お長にも読者にも教訓的である。運命的な二人の出逢いと情熱を歌い挙げる類とは異なり、引用された音曲《おんぎょく》までもが「冷静」である。そこが理想化された「恋愛」の世界とは大きく異なる点なのである。

人情本および「いき」の美学への再解釈

丹次郎の「優しさ／優柔不断」が、彼に想いを寄せる全ての女性に開かれている限り、愛のしるしではあってても愛の保障にはなりえないこと、よって男の心をとりきめることができない宙吊りの境位が、女性の不安を絶えずかきたてること、自己と異性の間に二元的可能性（演技）を設定し、異性間の完全なる合同をみない緊張性こそ「媚態」の源泉であることは、「いき」の本質をなす「媚態」の定義を行った九鬼周造《くきしゅうぞう》[10]、および梅暦シリーズについて、丹次郎の優情の両義性という性格設定がこれを招来していることを説いた前田愛[11]によって、基本的な議論は出尽くしていた。この論文では、社会学の成果を受けた、恋愛が持つ本来的な演技性という視点から、「いき」の「媚態」「意気地」「諦《あきら》め」について検討することにもなった。まず、丹次郎は優情だけの存在ではない「媚態」の演出者であることが確認できた。嫉妬という愛ゆえの攻撃は「意気地」と重なる。さらに、演技のための冷静さは「諦め」なしに生まれ得ない。従って、この論文の議論が大筋認められるとすれば、人情本と切っても切れない「いき」の美学の内容についてもこの論文で言うところの「演技」が中核となるという再解釈が迫られることになる。特にこの演技性は、近代の「恋愛」の精神性・純潔性との対比からも面白い問題を我々に残してくれていることは想定できるが、それらの検討は別の機会を待つべきであろう。

また、丹次郎の演技の問題は、洒落本の反転による人情本というジャンルの定立という文学史上の新しい見解を提出するとともに、反転ではあっても本稿で取り上げた場面全てが笑いをある程度含んでいるという意味で、人情本の本質を、真情の観点から「泣き」の文学としてとらえてきた傾向に対して、特に本作が先導した天保期以降の人情本に新たな側面を見出す根拠ともなりうる。ただし、後者の問題は、『春色梅児誉美』の分析のみをもって結論を見るものではない。今は、人情本というジャンルの内容を決定付けたこの作品が、既成の洒落本の反転から出発した面がある、という見方を提出しておくにとどめなければならない。

注

［1］『日本近代文学大系第4巻 一葉亭四迷集』（角川書店、一九七一）二九一頁。

［2］恋愛の演技に関する考察は、以下の社会学・心理学の成果をもとにしている。まず、社会学における、儀礼と演技の問題については、入門書として、奥村隆（編）『社会学になにができるか』（八千代出版、一九九七）第2章「儀礼論になにができるか」（奥村隆執筆）、および、友枝敏雄・竹沢尚一郎・正村俊之・坂本佳鶴恵『社会学のエッセンス』（有斐閣、一九九六）第4章「ドラマトゥルギー」（坂本佳鶴恵執筆）、がある。専門書としては、E・デュルケム（古野清人訳）『宗教生活の原初形態（上・下）』（岩波文庫、一九七五）、同（田原音和訳）『社会分業論（上・下）』（講談社学術文庫、一九八九）、E・ゴフマン（丸木恵祐・本名信行訳）『集まりの構造――新しい日常行動を求めて』（誠信書房、一九八〇）、同（浅野敏夫訳）『儀礼としての相互行為――対面行動の社会学』（法政大学出版局、二〇〇二）などが主なものである。また、心理学の立場から恋愛心理を学問的に追究したものとしては、松井豊『恋ごころの科学』（サイエンス社、一九九三）、E・ハットフィールド、G・ウィリアム・ウォルター（斎藤勇・奥田大三訳）『恋愛心理学』（乃

木坂出版、一九九九）がある。

［3］この言葉は、世阿弥六二歳の時に書かれた『花鏡』（応永三一年〈一四二四〉）に見える。演者が自己の主観を離れて、観客のまなざしを我が物として見る態度をいう。本来は、舞の基本的な表現形式の一つ「舞智風体（技巧的な手技や仕草を用いない表現）」の演じ方の心得として導入された概念ではあるが、同時に世阿弥は、この言葉を能全般の表現に関わるものとして用いている。

［4］日野龍夫「近世文学史論」（『岩波講座日本文学史』第8巻、岩波書店、一九九六）

［5］『春色梅児誉美』からの引用は、全て岩波古典文学大系（中村幸彦校注、一九六二）によった。

［6］山口剛『人情本集』（日本名著全集刊行会、一九二八）解説その二。

［7］注［6］前掲書、二一六〜二三三頁。

［8］注［7］

［9］拙稿「女が小説を読むということ――『春色梅児誉美』論」（『学苑』七八五、二〇〇六年三月）

［10］九鬼周造著、藤田正勝全注釈『「いき」の構造』（講談社学術文庫、二〇〇三）

［11］前田愛「「いき」と深川」（高田衛・吉原健一郎編『深川文化史の研究（上）』江東区、一九八七）

森澤多美子

素描・滝の本連水

——芭蕉を愛した明治俳人

滝

の本連水《れんすい》は、「沼津の種玉《しゅぎょく》庵《あん》連山《れんざん》も著名であるが、門人の滝の本連水は伊豆の豪農で邸内に蓑毛の瀧があり、東海道仮名関所と称して連山より寧ろ一枚上に扱はれていた。」（勝峯晋風『明治俳諧史話』一九三四　大誠堂）と紹介される、幕末から明治を生きた俳人である。時代の流れの中を、独自の歩みでひたすら芭蕉を慕い、「実力家」と評された、一地方俳人を資料とともに紹介する［1］。

滝の本連水出自

連水は、天保三年（一八三二）六月十六日伊豆国佐野村の名主勝俣《かつまた》家に勝俣常久（通称猶右衛門）として、誕生した。父常昭も、花岳・和水と号して和歌俳諧を嗜む人物であり、連水も十二歳頃には俳諧を嗜むようになっていた。連水自身「おのれ風雅の道にわけいりし年はやうやく十二の齢《よわい》にして」（「瀧の本門人帳」）と述べ、「十二歳の春　林から啼《な》きながら出る雉子《きじ》一羽　の雅章を吟じ風雅の道に悟入し」（『東海日々新聞』［2］）と伝えられる。また、「弧山堂卓郎《こざんどうたくろう》の門下に出づ、翁の園中、老柿樹あり、周囲七尺強にして、其枝、連理《れんり》の群をなす、卓郎これに因みて、連枝堂の雅号を与へられし」（『東海日々新聞』）と伝えられるがごとく、孤山堂卓郎門［3］として連枝堂・瀧亭晋水《しんすい》と号していた。

嘉永三年（一八五〇）十九歳で、結婚し、安政五年（一八五八）二十七歳で家業を継いだ頃、種玉庵連山《しゅぎょくあんれんざん》［4］に入門し、号を連水と改めた。また連山からは映雲舎の号を与えられたという［5］。慶応二年（一八六六）の見外編『槻弓《つきゆみ》集二十二編』に「伊豆　連水」として入集［6］。同年、卓郎が没し、連水は、卓郎との関係からか、この年から企画されていたという『俳家《はいか》新聞』に入集していく。

幕末の新聞とその隆盛

文久二年（一八六二）に日本最初の邦字新聞『官板《かんばん》バタヒヤ新聞』が誕生した［7］。木活字印刷で半紙二つ折数葉をとじた小冊子で、世界情勢を翻訳したものである。これがきっかけとなり、文久年間にいくつかの翻刻《ほんこく》新聞が発行されている。元治元年（一八六四）六月には、ジョセフ・ヒコ（アメリカに帰化した日本人浜田彦蔵）による手書きの『新聞誌』（翌年五月『海外新聞』と改題）が創刊された。表紙は木版、記事は手書き、半紙五、六枚二つ折り（冊子体）であった。この新聞は「ニュースの速報性、刊行の定期性、読者対象を一般日本人に向けている点においても従来の官板新聞とはまったく異なった特長をもち、わが国初の民間新聞として特筆される。」（羽島知之「明治新聞略史」〔8〕）という。慶応三年（一八六七）には、英人ベーリーが『萬国新聞紙』を創刊する。ついで、柳河春三による『中外新聞』が、慶応四年（一八六八）二月二十四日に創刊された。速報を意識した木活字印刷で四、五日おきに刊行された半紙二つ折り（冊子体）であった。

横濱にて英人の新聞紙を摺り始めしは去る文久三年以来にして、今は其家三軒あり。又西洋文を翻譯せし者二三種既に出づと雖も、いづれも外国人の手に出たる者なれば、日本の新聞紙とは言い難し。吾が江戸の開成所にて七八ヶ年前出板せし事あれども、其頃は看る人も少く、且故ありて程無く中絶せり。然るに此度吾等《このたびわれら》の社中にて海内海外の事を雑へ記し出板して公行せしに、市中は更なり近国にも速に弘まりて、僅に一ヶ月の間既に購求する人千五百名に及べり。世人新聞を好むの時勢これに依て察すべく、文運の開けたるも亦推《またお》して知るべし。近頃京都にては太政官日誌といふ書板行ありて世に行はる。然れども是は朝廷の公告なれば、吾等が会社の著述を以て密かに比較せん事恐れ有り。されば民間に行はる、日本新聞紙の始りは此中外新聞なりと言はんも亦過言には非るべきか。

（慶応四年三月二十八日『中外新聞』〔9〕）

さらに、同閏四月三日に半紙二つ折り（冊子体）で、隔日刊の福地源一郎による『江湖《ごうこ》新聞』が創刊された。

米人ヴァン・リードによる『横浜新報もしほ草』も創刊され、当時の新聞の様子を岸田吟香による記事は次のように伝えている。

囊にヒコザウの新聞誌ありしが、かの人此地を去りしのちは、久しく其事絶《たえ》たりしに、去年正月我友人ベーリイ萬国新聞紙を板行せしが、これも第十篇迄《まで》出板してやみぬ。余深くこの事をなげきておもへらく、新聞紙ははなはだ有益のものにて今は世界中文明の国には、このものなき国はあらず、然に日本にていまだこの事さかんに行はれざるゆゑんは、蓋《けだ》し新聞紙の世に益ある事をしるものすくなきと、これを篇集する人のみづから学者ぶりてむづかしき支那《しな》文字まじりのわからぬ文を用ゐる事と、且《かつ》は出板のおそくなりて、時おくれのめづらしからぬ許をかきのせることとによる成るべし、余《よ》が此度の新聞紙は日本国内の時々のとりさたは勿論、アメリカ、フランス、イギリス、支那の上海香港より来る新報は即日に翻訳して出すべし、且月の内に十度の余も出板すべし、それゆゑ諸色の相場をはじめ、世間の奇事珍談ふるくさき事をかきのせる事なし、また確実なる説を探りもとめて決して浮説をのせず、こひねがはくは諸君のおほく、此新報を買ひ玉《たま》はん事を。

（慶応四年閏四月十一日『横浜新報もしほ草』[9]）

そして、明治維新を経て、明治三年（一八七〇）十二月八日には、日本初の日刊新聞『横浜毎日新聞』が創刊されることになる。

卓郎の『俳家新聞』

この一連の新聞発刊の流れの中、孤山堂卓郎は『俳家新聞』を慶応二年（一八六六）に企画した。卓郎が四月十六日に没したため、企画が引き継がれ、木活字印刷、冊子体で慶応四年春（明治元年）に刊行された。文字通りの俳家のための新聞であろうとした企画出版である。卓郎は序に次のように述べている。

此書は、諸俳士の新調を集て四季に活字板に摺立、三都は云に及ばず遠近諸国に送り猶、其士の俳士の句をも乞て書中に載ん事を欲す。されば、各家の新什海内に伝播して編輯摺物等に稗けあらん事を祈るになん。諸風子必らず秘惜なく玉什を洩し玉はん事を希《こひねが》ふ而巳。

卓郎が企画した慶応二年当時は、まだ、「新聞」は冊子体であり、手書きか木版であった。それを、木活字で印刷した「新聞」を発行したのである。新聞創成期における『俳家新聞』は、機を見るに敏な企画だったと言えよう。

内容にしても、当時の新聞と比較すれば、「海外」の情報を集めた新聞が『海外新聞』であれば、「俳家」の情報（句）を集めた新聞は『俳家新聞』であってよい。出発点は、あくまで「新聞」の語を意識したものであったことは否定できない。この新しい時代の芽吹きの中に、奇しくも連水が参加したということになろう。

このころから連水の諸書への出句が目立つようになる。新しい時代の幕開け、明治元年（一八六六）六月六日、種玉庵連山が没し、連水は梅室《ばいしつ》書「俳関」の扁額と印章を譲り受けた。翌明治二年（一八六七）孤山堂卓郎の追善集『夏書《げがき》はじめ』に連水は句を寄せている。

乙彦の『俳諧新聞誌』

明治二年（一八六七）夏には『俳家新聞』の後を継ぎ、萩原乙彦によって『俳諧新聞誌』が、刊行される。『俳家新聞』が木活字の印刷であったのに対し、続編としながらも『俳諧新聞誌』は木版印刷であった。その事情を序文で次のように説明している。

本編前輯は、活字板を以て発行せり。這の回更に正板を以てす。蓋し各家の新什将に海内に布告せんとし、時を失ふことを恐る。故に事を計ること忽卒の間にして、傭書剞劂の工人を督し、且校正の遅あらず、唯編成の迅速を以て要と為す。

多少言い訳がましいが、当時の印刷術の未熟さを背景にしつつ、「新聞」であろうとした苦渋の選択ともとれる。何よりも「新聞」の情報は新しくなくてはならない。

同年秋に『新聞誌』二編、冬に『新聞誌』三編と続き、連水は一連の新聞に入集《にっしゅう》している。そして『新聞誌』三編「事の部」には、連水所持の「鉢たたき」芭蕉自画賛が紹介されていた。

豆州佐野連水勝俣氏より祖翁自画賛の縮図を齎《モタ》らして蔵幅《ぞうふく》のよしを示さる。其の中堅一尺一寸五分横一尺六寸二分水墨の画下の再縮図のごとし。真偽は原本を見ざれば弁すべくもあらねど、去《い》ぬる安政三年の正月卓郎彼地へ曳杖の節一覧して、夏見ても寒き姿や鉢たたきといふ一句を作せりとぞ。

写真①：連水所持の「鉢たたき」芭蕉自画賛

ここに言う卓郎の一句とは連水宅に残された、

祖翁鉢叩《そおうはちたたき》の画讃は、矢田部氏の秘蔵世に名高かりしに、此度晋水子の授与せられしを一見せしに、眞蹟《しんせき》疑なく、墨痕いまだかわらざる如くなりければ、

夏見ても寒き姿や鉢叩　卓郎

を指す。連水がまだ瀧亭晋水と号していた頃、矢田部氏から譲られた軸を見て、詠んでいる。

この連水所持の「鉢たたき」自画賛は、現在も同家に伝えられている。「鉢たたき」自画賛は、『芭蕉全図譜』（角川書店）によると、天理大学図書館蔵の鯉屋伝来品の一本が知られている。解説には「墨染《すみぞめ》の衣を纏《まと》い笠を背に、瓢を叩き、念仏を唱えながら暁方の下弦《かげん》の月を仰ぐ鉢たたきの絵は芭蕉筆と見られるが、署名のみで落款印《らっかんいん》がない。戯《たわむ》れ書あるいは草案《そうあん》と思われるが、鉢たたきの情趣漂う名品である。」とある。一方、連水所持の軸も、同じく墨染の衣を纏い、笠を背に下弦の月を仰ぐ構図である。さらに、『芭蕉全図譜』（角川書店）の印番号に従えば、印文不明の関防印《かんぼういん》21、落款印12（風羅）、13（鳳尾）のあるものである[10]。箱書は表に「芭蕉翁　鉢たたき自画賛」、内に「夜ゝはむかしの京や鉢たたき　浮亀庵巻阿《かんあ》」とある。また、軸には、三島大社宮司矢田部氏の譲状《ゆずりじょう》が添えられ、それによると、嘉永五年に岸矩の軸とともに連水に譲ったという。

連水邸に集う俳人たち

『俳諧新聞誌』によって各地にもたらされたこの情報は、当時の俳人の旅心をかきたてはしなかったか。この軸が紹介された翌明治三年（一八六八）には、小築庵春湖《こちくあんしゅんこ》と契史が連水宅を訪れている。

三島駅石の方にわけ入て故人連水を訪ふ
里の名にすかりて
このましき宿や花野の瀧の入　春湖
（「十州《じっしゅう》紀行」）

さらに、同家には『西山ぶり』と題する一書が残され、「鉢たたき」芭蕉自画賛を見に来た尋香・犂春・稲処・幻史などの俳人による寄せ書きとなっている。軸をみたあと、ちなんだ句を詠むことが慣例になっていたようである。「俳関」であり、芭蕉の自画賛を所持する風流人のもとを訪れる俳人は非常に多かった[11]。連水が「関守」として訪れる俳人たちを歓待する様子を、友人犂春は「俳関の記」に次のように記している。

俳関の記
足柄《あしがら》箱根の間に俳関あり　関守を瀧の本といふ
そのかみ、清見《きよみ》が関ちかき沼津の里の、種玉庵主これを守たりしを、没後故ありてここに移すとぞ。されば此関守や、風雅の道にうとく、あやしき五七五の句に字波をならべ、仮名を違へる通切手を書く贋行脚《にせあんぎや》には、これをとがめずしてとほり抜《ぬけ》をゆるす。
又、朝倉の木の丸殿ならねど、速なる句を吐《はき》てとほらんとする俳士には、返てめざす不二見《ふじみ》の楼上《ろうじょう》にとどめ置て、二夜三日に一巻にとほり句歌を書しめるは、世の関守の掟《おきて》に反していとおかし。
祖翁の曰く、東海道の一筋に、しらぬものの風雅は覚束《おぼつか》なしとなん有ける。
其覚束なき風客をここにとどめて、道しるべとなすは、祖翁《そおう》へ対してよき奉公なるべしと、そぞろなる一言をしるす。
月花は関の掟ぞ雪の不二
平安　犂春

また芭蕉自画賛を見て句を詠み、『西山ぶり』に記帳した稲処・尋香・犂春らの来訪を連水の「自筆句帳」は伝えている。「自筆句帳」明治十一年（一八七五）の項に

稲処老人東行《とうこう》の道すがら予が草庵を敲《たたき》て風交《ふうこう》まめやかなり。此翁やはじめて面を合すといへど旧交のしたしみ深きにおぼえて今更なごりををしむ

往て来ませ折も愛度《めでた》菊の頃

とあり、明治十四年（一八七八）には

数日の風交はてていざや帰杖せられんとせらるる尋香老人をとどむるに力なく今朝は露けき草居のもとに袖をわかち、今宵は清光の月に対して
寝をしさよさりとては又月の冷
心あるはしりやうなり月の雲

とある。さらに、一道居犂春も同年に訪れており、

北越の月に笠をぬぎ奥羽の花に戯れそが帰るさ茅扉を訪《と》わるる河ち一道居うしの文音を悦びて
待遠《まちどお》しことし過ての秋の月

と記している。なお、この来訪時に、犁春が伽羅木を刻《きざ》んで行脚《あんぎゃ》の友とした芭蕉像も連水の懇望により譲ったという書面が残されているが、残念ながら芭蕉像は、同家に現存しない［12］。

連水と教林盟社《きょうりんめいしゃ》

明治五年四月教部省告達三条の教題《きょうだい》があり、十一月には、太政官布告《だじょうかんふこく》として太陽暦《たいようれき》が採用される。翌六年に太陽暦が実施され、さらに教部省から十七兼題《けんだい》、十一兼題が布達される。五月には三森幹雄《みきお》・鈴木月彦《つきひこ》が俳諧教導職となり、六月には月の本為山・春湖・等栽が俳諧教導職となった。七年四月に俳諧教林盟社、八月に明倫講社《めいりんこうしゃ》が設立される。同年の教林盟社による句集『真名井《まない》』に「伊豆」として「士敬　連水　推吟松鴻」[13]が名を連ねる。前章で紹介した連水邸を訪れた人々も、教林盟社社員であり、連水の交友圏の中核は、まさに教林盟社そのものであった。この後、連水は、教林盟社の一員として活動の幅を広げることとなる。

ちなみに、教林盟社に関係する俳人の俳書をみると、例えば、明治八年の一澄編『二百回忌取越翁忌集』、精知編『開化付合集』、明治九年大喬編『筆の跡集』に入集。同年の精知編『開化人名録』には「足柄県管下伊豆国第四大区君澤郡一小区佐野村三十一番地　勝俣猶右衛門　号瀧の本　連水」と載る。明治十年教林盟社編『花櫻集』、明治十一年精知編『開化付合集二編』、永機編『欠摺鉢』、明治十二年教林盟社編『時雨まつり』、春湖・幹雄編『古今俳諧明治五百題』、明治十三年教林盟社編『時雨まつり』、田村予雲編『明治俳諧八十六歌仙』、明治十四年富水編『開化集』、明治十六年九峰編『湖東集』（教林盟社分社湖東社）、永機編『新花摘』、明治十九年教林盟社編『水魚集』、明治二十五年教林盟社編『桂林集』、明治二十六年『時雨集』、明治二十九年桂花編『明治発句百家撰』などに入集している[14]。

一方、教林盟社社員となった頃からの連水の私的記録として、「自筆句帳」と呼ばれているものがあり、記録は、明治七年から十七年にわたる。諸俳人との交流だけでなく、教導の一環としての意味合いもあったろうが、芭蕉の忌日を営む様子が伝えられる。そこには連水の心からの芭蕉敬慕の姿も浮かび上がってくる。例えば、

（明治七年）
祖翁の忌日に当れる日は、よし奈にありて
我里もさぞけふにして此時雨

（明治九年）
像前
わけ登る道の栞《しおり》や枯尾花《かれおばな》

（明治十年）
祖翁の高吟《こうぎん》にすがりて
七夕の心やいかに八日の夜
祖翁の恩沢《おんたく》を慕うて、そが流れを硯《すずり》に汲み、月に花に交り深き友垣《ともがき》とはかりて、忌日を営み像前に捻香《ねんこう》して
幾筋《いくすじ》も水は流れて枯尾花
過し日、祖翁の忌日を営める日は、折あしくそこここの友どち、公務にいとまなくて、そが席に連なざることの残りをしく、ふたたび忌日のむしろをまうけ、像前に額《ぬか》突く香をひねりて

世につれてふたたびぬるる時雨かな
寒梅《かんばい》や梢《こずえ》は雪もつみながら
（明治十二年）
祖翁の忌日に当れる折から木甫うしの杖を曳《ひか》れしは此道に深き因縁のあればなり
こを親しき友人に示して今宵のむしろを開き像前に合掌《がっしょう》して
心あるやうすの雲やひとしぐれ
祖翁祭典のむしろに連なり猶いにしへをおもひ今をおもひて
年々のけふや時雨ぬ里もなし
祖翁の忌日を営まばやと社中たれかれに消息せる折から
翌日ならぬけふよりも此しぐれかな
（明治十四年）
新暦十月十二日翁の祭りせんと為水子を招き像前に額突《ぬかづく》心ばかりの一句を捧ぐ
二三枝榊《さかき》や折らん初しぐれ
像前
世々を経し松に声ある時雨哉
寒菊や其世を今に手向《たむけ》草
（明治十五年）
一日翁の高吟をおもはれて元禄のむかしを眼のあたりに覚えられて、両の袂をぬらすばかり高吟のなつ

かしく拙き筆を染めて像前にささぐ
重ねたき物は年なれ初時雨
祖翁は五十一にして終りをとり給ひしときくにおのれもことし五十一の齢《よわ》ひをかさねし身の殊更に其世を今に見らるる心地せられて
時雨るるや廻る月日は世々ながら
此末はとまれことしの初時雨
（明治十六年）
祖翁の忌日にあたれる日は熱海の客中にありて香を捻《ひね》り高徳を仰ぎ奉りて
茲に居ても変らぬけふの時雨哉《かな》
今月今日風雅の道に厚き人々祖翁の法筵を成真精舎に開いておのれを招かるるに折あしくて他に杖をむけるの日ぞありける
されば夢は枯野をかけ巡ると申されし高吟のなつかしさは猶《なお》更身にあまりて
たづねぞや枯て道ある夢の跡
祭る日や時雨はすれど風はなし
（明治十七年）
新暦十月十二日像前独座午後八時より十一時二十分にいたる即考時雨五十吟
しぐるるや我からと鳴むしもなし
寝静まる町に来てあふしぐれ哉

草居安座
しぐるるもよしや屋根さへ葺き替て
祖翁秋風の高吟にすがりて
澄み遂し日はつれなくも初しぐれ

のごとく、毎年、芭蕉に対しての憧憬・懐古の念を述べるものになっている。

連水の「雲霧集《くもきり》」と富士

そんな連水が、明治二十六年（一八九〇）自撰家集「雲霧集」を出版する。富士山を詠んだ句を百句編集したものである。明治二十六年といえば、芭蕉二百回忌を意識せずにはいられない。犂春の序「標題を雲霧集と号らる、からは祖翁の風吟雲きりに暫時百景を尽しけりといへる滑稽の言葉より出たるなるべし」や、桑古の跋「家集を雲霧と名付しは謙遜《けんそん》のやうにも見ゆめれど奥に寂と栞の扱ひをおもへばかるしといふ意味の含蓄《がんちく》なきにしもあらざらん」にあるように、芭蕉句を意識しつつ、富士の写生句を百句連ねることで、富士百景を表現した集を自分の集大成としたのである。その句のなかでも、

犂春老人のわかれに
又来ませ庵の馳走《ちそう》は真むきふじ

と詠み、また、

予の年頃のねがひむなしからず
新に成れる草居に膝を入れて
事足りぬけふぞ誠の真向きふじ

のごとく、生き生きとした「真向きふじ」の語が印象的である。連水邸は、目の前にさえぎるものなく、富士山の雄姿を眺める事ができる。従って、伝統的な富士を詠むだけでなく、見たまま、感じたままを表現していく事ができたのである。そんな連水の富士に対する感慨は、

述懐
日毎日毎ふじ見て我は老いにけり

に尽きただろう。

俳諧の「実力家」として名を馳す

その後も『東海日々新聞』において

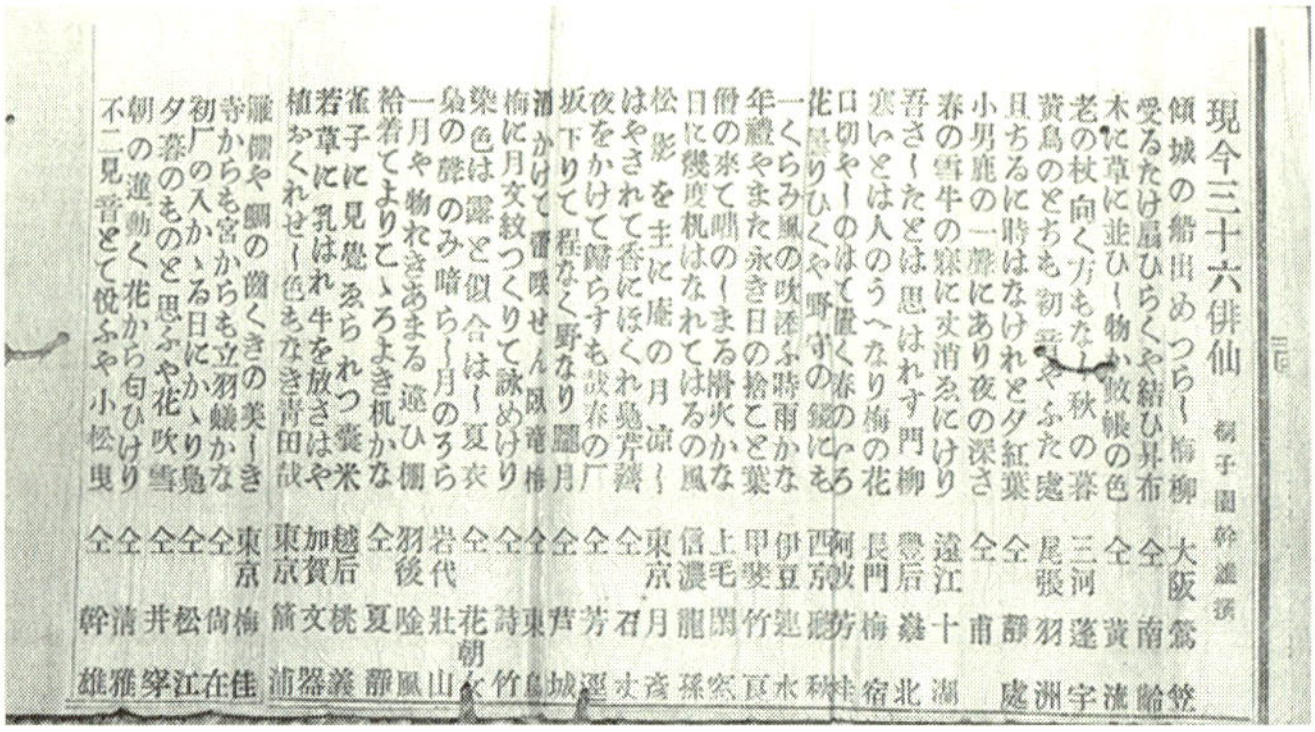

現今三十六俳仙　桐子園幹雄選

傾城の紺田めづらし〻梅柳
受るたけ扇ひらくや結ひ昇布
木に草に並ひし物か蚊帳の色
老の杖向く方もなし秋の暮
黄鳥のどちも初音やふた處
日ちるに時はなけれど夕紅葉
小男鹿の一聲にあり夜の深さ
春の雪牛の寝に丈消えにけり
吾さしたとは思はれす門柳
寒いとは人のうへなり梅の花
口切やしのはて聞く春のいろ
花曇りひくや野すの鐘にもろ
一くらみ風の吹添ふ時雨かな
年禮やまた永き日の拾こと葉
僧の来て喞のしまる榾火かな
日に幾度机はなれてはるの風
松影を主に庵の月涼し
はやされて香にほぐれ鬼芹薺
夜をかけて歸らすも淡春の厂
坂下りて程なく野なり朧月
酒かけて雷咲せん風竜梅
梅に月文紋つくりて詠めけり
染色は露と似合はし夏衣
梟の聲のみ暗らし月のころ
一月や物れさあまる逢ひ棚
拾着てよりこゝろよき机かな
雀子に見覺ゑられつ養米
若草に乳はれ牛を放さはや
植おくれせし色もなき青田哉
羅襴や欄の歯くきの美しき
寺からも宮からも立羽蟻かな
初厂の入かゝる日にかゝり鳧
夕暮のものと思ふや花吹雪
朝の運動く花から匂ひけり
不二見音とて悦ふや小松曳

写真②：「現今三十六俳仙」

○『瀧の本』翁の書簡　有名なる俳句の宗匠として當地方は云ふに及ばず廣く各地方に幾多《いくた》の門弟を有せられ伊豆国田方郡北上村に閑居せらるる瀧本翁は先頃三友会に於て募集したる句集を同翁の許《もと》に寄せたる際今回一巻の返草《へんそう》と共に左の書簡を贈られたるが一読するに同翁は料《はか》らずも負傷したる趣《おもむき》なり（書簡略）

記者は一日も早く全快《ぜんかい》に至られんと切望の至りに堪へず翁幸に自愛自重《じあいじちょう》せられよ

○『瀧の本翁』の謝状と俳句　俳句の宗匠として雷名夙《らいめいつと》に高き伊豆国田方郡北上村字佐野に閑居《かんきょ》せらるる勝俣連水氏こと瀧之本翁には先頃料らずも負傷したると聞きつるまゝ記者は斯道《かくみち》の為《た》め一日も早く翁の全快せられんことを以てしたるに昨日同翁より最と懇篤なる礼状に得意の俳句数首を書列《かきつら》ねと我社に寄贈せられたれば左に其一二を載せんに

行水にふかるゝ影や月の雲　連水

打そめに手に夜影もつきぬたかな　連水

と近況を報じられる存在であった。

明治二十四年（一八八八）には「俳諧鴨東新誌」[15]に桐子園幹雄撰「現今三十六俳仙」の一人として

一くらみ風の吹添ふ時雨かな　　伊豆　連水

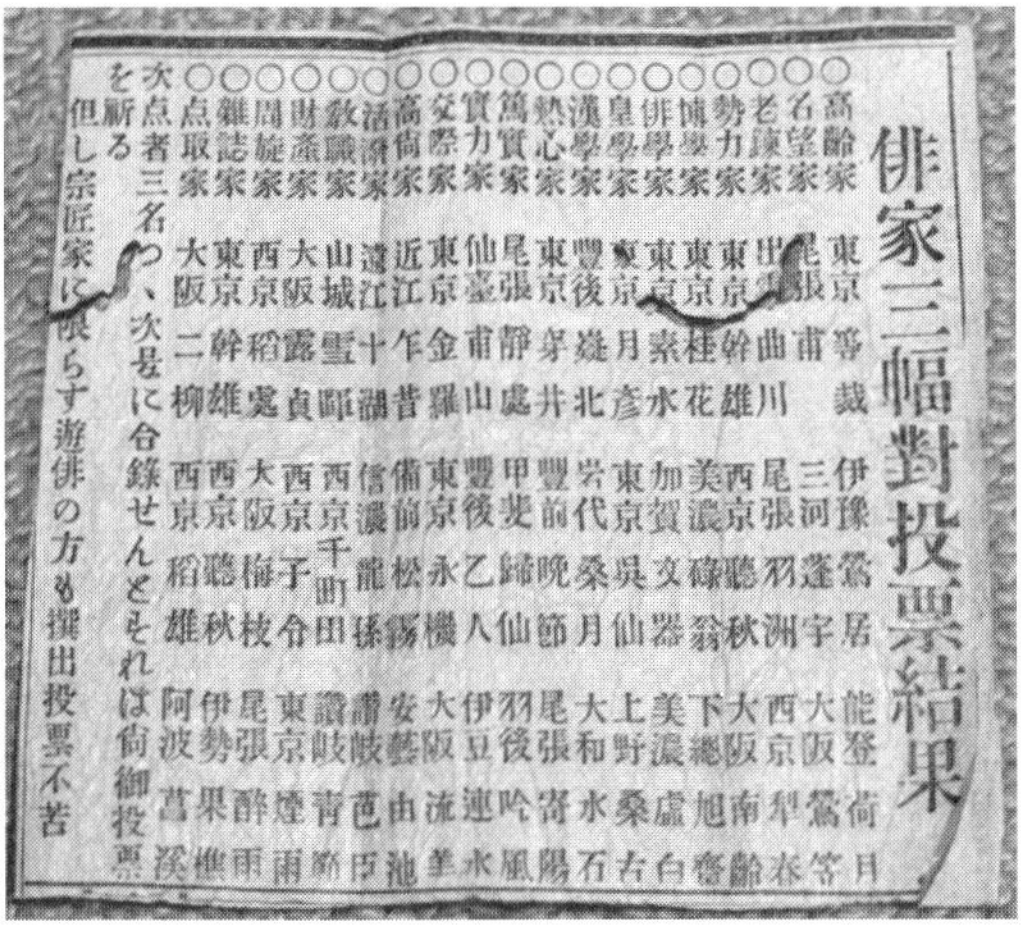

俳家三幅對投票結果

○高齢家	東京　等裁	伊豫　鶯居	能登　荷月
○名望家	尾張　甫	三河　蓬宇	大阪　鶯笠
○老錬家	出雲　曲川	尾張　羽洲	西京　犁春
○勢力家	東京　幹雄	西京　聴秋	大阪　南齢
○博學家	東京　桂花	美濃　碌翁	下総　旭齋
○俳學家	東京　素水	加賀　文器	美濃　虚白
○皇學家	東京　月彦	東京　呉仙	上野　桑右
○漢學家	豊後　幾北	岩代　桑月	大和　水石
○熱心家	東京　芽井	豊前　晩節	尾張　寄陽
○篤實家	尾張　静處	甲斐　歸仙	羽後　吟風
○實力家	仙臺　甫山	豊後　乙人	伊豆　連水
○交際家	東京　金羅	東京　永機	大阪　流美
○高尚家	近江　乍昔	備前　松露	安藝　由池
○活潑家	遠江　十湖	信濃　龍孫	隱岐　芭丘
○敎職家	山城　雪師	西京　千町田	讃岐　青蘋
○財産家	大阪　露貞	西京　子合	東京　燵雨
○周旋家	西京　稲處	大阪　梅枝	尾張　酔雨
○雜誌家	東京　幹雄	西京　聴秋	伊勢　果樵
○点取家	大阪　二柳	西京　稲雄	阿波　菖渓

次点者三名つゝ、次号に合録せんとそれは尚御投票を祈る
但し宗匠家に限らす遊俳の方も撰出投票不苦

写真③：「俳家三幅対投票結果」

が載る。同誌が投票を募ったという「俳家三幅対投票結果」でも「実力家」として「伊豆　連水」の名が見える。他に「高齢家」として「東京　等裁」や「名望家」として「尾張　甫《はじめ》」「三河　蓬宇」、「老錬家」として「西京　犁春」、「博学家」として「下総　旭斎」等が見える。中でも、幹雄だけは「勢力家」「雑誌家」として載り、当時の情勢を物語っていて興味深い。

明治二十二年（一八八六）に入門した谷之本連川が「門人帳」（明治十七年連水序）に

余官命を以て徳倉村駐在所に来り居ること二年余。先生に俳道の世に有益なるを聞き、学ばんとする心勃然として惜く能く《(ママ)》す。且先生の芳名海内になることは雑誌上新聞紙上に然たり。於益々門生たらんとする情起りて、昼夜忘るるに暇なし。然し余の為めに先生の名を汚しはせんかと躊躇《ちゅうちょ》せしが、故ありて先生に遇《あ》ひ語るに、学事を以す。先生大ひに笑はれ、余に語るに此事なくを以てす。喜先生の大胆なる海括なる信切《しんせつ》なる古《いにしへ》の聖人賢人仁人劣らざるなり。於此先生に請ひて門生となる。

と記している。当時、新聞雑誌による連水の評価が、さらに連水の評価を高めていた。そして、それに奢《おご》ることなく、温かく門人を迎えた連水であった。

連水没す

連水は、明治三十一年（一八九八）十月四日、六十七歳の生涯を閉じる。時世「ふみ登る道や尾花の露の冷」自宅北にある祖先の墓所に葬られた。「芳岳院俳関常久居士」。

翌三十二年四月五日、瀧の本門下により「故瀧の本連水翁追善並に二世瀧の本嗣号句集」が発刊された。連水の子・孫をはじめ門下俳人が句を寄せている。

注

［1］本稿は、国文学研究資料館調査員として、三島市郷土館勝俣文庫を調査したことを契機として、発展したものである。勝俣家（瀧の本連水家）に残された資料群のうち、冊子型のものを、故勝俣巌氏が昭和五十一年に三島市郷土館に寄贈し、現在勝俣文庫となっている。同家には、その他にも明治期の俳人を中心に、軸物・短冊・書簡などが残されており、現在整理調査中である。それらについては別に稿を改めて後日報告する。

なお、連水については、長谷川福太郎『滝のもと連水』（三島市郷土館、一九七五）、図録『滝の本連水とその師匠』（三島市郷土館、一九九〇）がある。

［2］勝俣家に残された新聞記事の切り抜き『東海日々新聞』（墨書で、小田原町東海日々新聞発行人今井広之助編纂人野地義則）は、その新聞の存在を確認できなかった。羽島知之『新聞の歴史』（日本図書センター、一九九七）に明治二十八年に小田原で創刊された「東海新聞」を紹介しているが、これが該当するか。

［3］卓郎は、本名小林久助。大梅門。慶応二年（一八六六）六十九歳で没。嘉永二年（一八四九）『江戸文人寿命附』、嘉永三年（一八五〇）『江戸文人芸国一覧』に載る。連水と卓郎の関係は、連水家に残された数々の卓郎の書・短冊からも窺われる。

［4］連山は、通称窪田半十郎。文化六年（一八〇九）、沼津市仲町の代々薬種商を営む富裕な家に生まれた。はじめ、對松館漣漪の門人となり、漣山と号した。後に、梅室の門に入り連山と改め、種玉庵とも号した。梅室は「俳関」の二文字を大書して与えたという。「俳関」とは、箱根に関所があるように、沼津には俳句の関所があるという意味である。天保七年（一八三六）惟草編『俳諧人名録』に「駿州沼津　仲町　窪田半十郎　号俳関」と載る。嘉永二年（一八四九）『江戸文人寿命附』、嘉永三年（一八五〇）『江戸文人芸国一覧』に載る。連山は来客を歓待し、俳道の道に力を入れたため、自然に家業も傾き、ついに家を出て、出口の休霞堂という小庵に引き籠り、手習い師匠となった。明治元（一八六六）年六月六日没、享年六十。沼津永明寺に葬られる。「玉堂連山居士」。

また、勝俣家には、連山のいくつかの書が残されており、安政年間に連水が諸俳人の句を記録した冊子には、連山の句も含まれている。

［5］「連水主人の別号を映雲舎といへるは山水の古詩によりて也。此家居うしろに瀑布ありて、美景おのづから富り」という連山の書、連水の自筆句帳に「我師種玉庵より乞ひうけし映雲舎の一号」という記述がある。

［6］初期の『槻弓集』には、梅室・卓郎・連山などが入集しており、その関係から連水も入集するようになったと思われる。なお、『槻弓集』二十三編（慶応三年）、二十四編（慶応四年）、二十五編（明治二年）、二十六編（明治三年）、二

十七編（明治四年）、二十八編（明治五年）と継続的に入集している。

[7] 新聞の歴史に関する文献は多い。例えば、山本文雄『日本新聞発達史』（伊藤書店、一九三四）、西田長寿『明治時代の新聞と雑誌』（至文堂、一九六一）、小野秀雄『日本新聞発達史』（五月書房、一九八二）、西田長寿「明治初期新聞発達史概説」（『日本ジャーナリズム史研究』みすず書房、一九八九）、鈴木秀三郎『本邦新聞の起源』（ぺりかん社、一九八七）、高橋康雄『メディアの曙』（日本経済新聞社、一九九四）、興津要『明治新聞事始め 文明開化のジャーナリズム』（大修館書店、一九九七）をはじめ、新聞の歴史に関する多くの文献を参照したが、枚挙に遑がない。

[8] 『羽島コレクション 明治の新聞展』（町田市立博物館、一九八六）

[9] 『新聞集成明治編年史第一巻維新大変革期』（財政経済学会、一九三四）による。

[10] 『芭蕉全図譜』（岩波書店、一九九三）所収の二九七「ふらずとも竹植る日は蓑と笠」発句自画賛に、関防印21（印文不明）落款印12（風羅）13（鳳尾）の三種使用例がある。元禄五、六年頃の染筆という。
ただし、連水所持の自画賛に使用されている「長」の用例が見当たらない。

[11] 明治十六年正月から明治三十一年に至るまで、連水邸に発着した俳人を句とともに記録した『寝覚の音信』三冊がある。これによると、何度も訪れる者、長きに渡って逗留する者があり、犂春が「俳関の記」に記したように、風流を楽しむ「関守」の姿がうかがわれる。その一方、諸俳人によく知られた連水邸であったこともわかる。一冊目に前冊のつづきとあるので、これ以前にも同様の記録があったと思われるが、不明。「自筆句帳」としたものが、これにあたるか。また、それとは別に、明治二十三年から明治三十一年にかけて、宇山・桑古・東陽ら多様な俳人と巻いた連句四十巻の記録もある。

[12] 犂春との関係は、特別深い。明治十六年犂春編『ふたやま集』は、連水と犂春が伊豆を旅行した紀行文である。犂春編だが、共著といってもよい。犂春編著の俳書には、ほとんど連水は入集している。

[13] 士敬は本名相磯半左衛門（佑之進）。伊豆君沢郡立保村渡辺家から同郡木負村名主・津元の相磯徳兵衛の養子になった。明治十年、七十七歳没。俳諧は、弧山堂卓郎・花の本梅室らに学んだ。推吟は沼津木負満蔵寺住職。松鴻は三島連

馨寺住職。

[14] 連水邸を訪れたり、連水の句が入集する俳書を編集したりする俳人は数多いが、例えば、以下の人々は、教林盟社『結社名員録』（明治十八年）に次のように載る。

春湖　教林盟社社宰長　神奈川県横濱柳町興稟社社長
精知　社宰
富水　社宰
尋香　東京府下　駒込西片町十番地　一具庵小川氏
永機　東京府下　小梅村三園社地内　晋其角堂
予雲　東京府下　下谷坂本一丁目十九番地　田村太左エ門
桂花　東京府下　日本橋区室町三丁目　桂花園辛嶋氏
宇山　東京府下　日本橋区北槇町二番地　栗庵間宮氏
一澄　千葉県上総国　夷隅郡榎沢村　君塚茂助
幻史　埼玉県武蔵国　幡羅郡下奈良村　高橋小三郎
亀遊　神奈川県武蔵国　横濱　佐塚亀遊
松頂　陶綾郡大磯駅　鴫立庵菅喜田氏
乙彦　静岡県駿河国　静岡紺屋町　萩原對梅宇
為水　静岡県駿河国　駿東郡茶畑村二十八番地　柏木甚蔵
十湖　静岡県遠江国　引佐郡気村　松島吉平
採花女　長野県信濃国　佐久郡塩名田村百番屋敷　両八　女佐藤イチ
犂春　西京府下　上京第二十三組花立町十一番地　北川氏
稲処　西京府下　東洞院六角下ル御射山町　岸田氏

東陽　広島県備後国　世羅郡甲山町　神植文之助

[15]「俳諧鴨東新誌」は、梅黄社により「鴨東集」として明治十七年創刊。二十一年「俳諧鴨東新誌」と改題。明治二十四年第六十五号に「現今三十六俳仙」に所載という。

＊調査に際し、三島市郷土館館長水谷盛彦氏、学芸員鈴木隆幸氏ならびに勝俣家、特に故巌氏の遺志を大切に守られている夫人五子氏にお世話になりました。記して謝意を表します。

語るように読む

講談本を「読む」

藤沢　毅

講談を「読む」ものとして仕立てた写本がある。「……で御座りまする」という独特の文体を持ち、講談の調子を残しながら、しかしあくまでも「読む」ために作られた写本である。本稿では、太閤記《たいこうき》の世界を扱った講談調写本《こうだんちょうしゃほん》を扱い、その読み物としての魅力を探っていきたい。これは、「語られ、それを聞く」ものから「書かれ、それを読む」という享受形態の越境なのである。また、この考察は、文字テクストを読むという際に起きている現象を考える礎《いしずえ》になるのかもしれない。

落語を読む

落語を「読んだ」ことがおありだろうか。落語といえば、落語家が語り〔1〕（演じ）、それを聞く（観る）ものという形が基本であろう。しかし、少し大きめの書店であれば、落語を収録した文庫本が置いてあり、落語が読まれていることもまた事実であることを証明している。

文字テクストで落語を読むことは、落語家が語るものを聞くのとはまた違った趣があろう。落語家個人の「話芸」を楽しむことはできないかもしれないが、読者各自のペースでじっくり読むことが可能である。落語を聞く場合、一人の落語家の語りのペースを多くの聴き手が同時に享受していくことになる。一方、落語を読む場合、一つの書物に対し、読者はそれぞれの環境でそれぞれのペースで読むことになる。落語を聞く場合、目で落語家の動きを見ながら耳で音声テクスト（おもにに落語家の語る声という音声）を聞くこととなり、落語を読む場合は書物に記載される文字テクストから意味を受け取ることになる。

音声と文字という違いは小さくない。例えば落語「寿限無《じゅげむ》」の一節を見てみよう。

「では、寿限無《じゅげむ》というのはどうかな？」
「なんです？　寿限無てえのは？」
「寿《よわい》限り無しと書いて寿限無だな。つまり死ぬときがないというのじゃ」〔2〕

本稿は文字によって書かれているものであるから、音声を表現することはかなわない。そこで、右の一節をもし耳で聞いたらどうなるか、想像していただきたい。左に挙げたものは、表音文字である平仮名で表記してみたものである（語った時の間《ま》、口調などを考慮して句読点や「?・」はそのまま残した）。

「では、じゅげむというのはどうかな?・」
「なんです? じゅげむてえのは?・」
「よわい、かぎりなし、とかいてじゅげむだな。つまりしぬときがないというのじゃ」

耳で聞いた場合「じゅげむ」「よわい、かぎりなし」という語はすんなりイメージが浮かぶだろうか。こうした例を考えると、漢字という表意文字を読むという行為が、いかに意味を把握しやすいかおわかりであろう。もちろん、その反面、音声の場合、語り手の口調や身振りなどで意味がより鮮明になるということもあるだろう。「よわい」が「寿」に結びつきづらいと考えれば、語り手の判断で、「寿命」の「寿」で、と補足することも可能である。どちらが劣るとかの問題ではない。

しかし、このようなことはむしろ自明のことであろう。今ここで考えてみたいのは、本来語られているものという意識を持った時、この落語本を読む際にどのような現象が起こりうるかということである。

落語がどのように語られているかを知っている読者は、落語を文字テクストで読みながら、まるで語られる落語を聞いているかのような気分になることが可能なのではなかろうか。すなわち、落語家の間の取り方、口調などを多少なりとも意識したような読み方を自然にしていくのである。もしひいきの落語家の得意の噺《はなし》でもあるならば、その落語家が語っている調子を再現するかのような想像をしながら読むことも可能である。

さらに、まるで読者自らが語るかのように読むことも可能なのではないか。いや、暗記してしまえば、素人芸ながらも実際に語ることでさえ可能である。そこまでいかなくとも、読むという作業が同時に語るという作業に近くなっているのは注目に値する。

音読と黙読

ここで、音読と黙読ということについて考えてみよう。早く前田愛氏によって論じられた［3］この問題は、その後どれだけ進展しているのだろうか。前田氏の見解に対して直接応えているものとして、山田俊治氏の論がある［4］。前田氏は、近世までの音読の習慣を、特に「読み手と聞き手からなる共同的な読書の方式」と捉え、その原因を、①「日本の『家』の生活様式―プライヴァシイの欠如」、②「民衆のリテラシイの低さ」、③「戯作文学の民衆演芸的性格」、といったものに見出していた。また、漢籍素読《そどく》という体験から「文章のリズムを味到《みとう》する感受性、文章を朗誦《ろうじゅ》し耳から聞くことによろこびを見出す能力」が生まれてきているとも説いた。それに対し山田氏は、リテラシイの低さと音読の習慣との関連性について疑問を提出し、音読から黙読へという単純な図式への疑問、さらには近代以前の黙読の可能性を捨象してしまうことの危険性を述べた。

本稿で問題としているのは、まず落語や講談、浄瑠璃《じょうるり》など「語られる」ことを前提としている形態が既存している状態で、かつ文字テクストとして「読まれる」書物である。先述のように、まるで語られる落語を聞いているかのような気分で、文字テクストの落語を読んでいる読者は、それが黙読でありながら、かなり音読に近いことになってはいないか。そして、自らが語るかのように読んでいる読者は、少なくとも頭の中では音読している状態であろう。他人に聞かせることはまったく目的としていない音読である。

そう考えてみると、一口に黙読と言っても、文章中の比較的単純な情報を得るために斜め読みする速読的黙読、頭の中でさえも音声化はしていないものの語順通りにかなりの速さで読み進める黙読、頭の中でほぼ音読化している黙読、一続きのまとまりあるいは一文単位で行きつ戻りつしながら吟味していく黙読、などさまざまな形があることに気付く。黙読と音読の境界線を引くとなると、実際に声に出しているかそうでないかということ以外不可能であるが、これだといって教育学でいう「つぶやき音読」などを視野に入れれば、やはりその境界線は怪しくなってくる。

逆に音読を考えてみると、ただ文字単位で正しく読む音読と、実は短い時間で広範囲を黙読しながら文意にあうように読む音読とがあるであろう。文意にあうように読むとは、例えば台詞《せりふ》に関して、登場人物が実在の人物であるかのように、その人物になりきって音読するなどである。「男性として」「女性として」「悪人ふうに」「善人ふうに」「笑いながら」「悲しい気持ちで」など、読者が捉えた登場人物の意をこめて読むことができる。これは台詞のみのものではない。地の文も意味があるものゆえ、その意に従って雰囲気をより味わって読む。「ゆっくり」「早く」「強く」「弱く」「重く」「軽く」「冷たく」「温かく」などこれまたいくらでも加減を付ける方法は存在する。結局は、読者がどのように解釈したかによって違ってくるのであろう。

他者に聞かせる、聞かせないでの区別はできるであろうが、結局、音読と黙読との明確な区別はできないのではないか。音読と黙読という二元化そのものが、実はそう単純なものではなかったのである。

講談本

本稿タイトルにも挙がっている「講談本」という名称について説明しておかなくてはなるまい。稿者は以前、講談調で書かれた、『太閤記』という書名の通俗軍書《つうぞくぐんしょ》写本を翻刻し、その書物を「講談本『太閤記』」と安易に名付けて紹介した〔5〕。これに対し、高橋圭一氏は『実録《じつろく》研究――筋を通す文学――』〔6〕の中で、「実録全体からすれば少数であるが、幕末から明治期に作られた実録には講釈師口調そのままの物もかなりある」と述べ、その注として、

近時、藤沢毅氏はこの種の物に「講談本」という名称を与えられた。また、講談師の間では要点を記した「点取《てんとり》」に対し、全文を書いたものを「丸本《まるほん》」と呼ぶ。「講談本」は明治期の講談速記本と若干紛らわしいようであるし、「丸本」では浄瑠璃としか受けとられない。しかし、通常の実録とは一線を画すべきかとは思う。

と、稿者の安易な命名法にやんわりとご叱正下された。そこで、この名称から考えていかねばならないが、今、稿者に学術的な名称を付けるような学識はない。あくまでもとりあえず、愚見のもとに名称を改めて割り振ってみる。

幕末から明治期に作られた講談調の写本がある。高橋氏が言うよう実録系の話が多いのでそれを「講談調実録」と言っても良いだろう。ただ、「通俗軍書」と呼ばれるような戦記的内容のものを全て「実録」の称で

まとめてよいかは少々疑問が残る。あえて個別化したい時は「講談調通俗軍書」とすべきか。あるいは、まとめて「講談調写本」「講談写本」程度で誤魔化すかだろう。特に講談師が読むためのものである場合は、「講談点取本」、同じく全文ならば「講談丸本」とすればよかろう。明治時代に入り、三遊亭円朝《えんちよう》講演、若林坩蔵《かんぞう》・酒井昇造《しようぞう》の速記によって作られた『怪談牡丹灯籠《ぼたんどうろう》』によって始まる速記本、これは通行している「講談速記本」でよかろう。その後、実際の講談なしに講談調で書かれたものは「書き講談」と言われている〔7〕。これもよかろう。「講談調写本」は当然写本であり、「講談速記本」「書き講談」は基本的に活字本となる。これらを全てひっくるめたものを「講談本」と読んではいかがであろうか。

「講談点取本」「講談丸本」を除き、「講談調写本」も「講談速記本」「書き講談」も、一般読者のために作られたものであると言える。いや、「講談丸本」の中には、後に一般読者のための「講談調写本」として通行したものもあるのだろう。今考えたいのは、こうした読者が「読む」ための講談本である。その中でも特に「講談調写本」を取りあげていく。以下、具体例を見ていく。

講談本『太閤記』を読む

藤沢蔵本である講談調写本『太閤記』を見てみる。この書物は半紙本《はんしぼん》一冊、仮綴《かりとじ》で全十七丁。江戸後期から幕末の写と考えられる。印記はない。本文は図1のような形で記されている。「△」のように書いてあるのは「御座《ござ》」と読み、つまり「△りまして」は「御座りまして」と読むわけである。また、「升」は「ます」の変化形であり、「升る」であれば「まする」、「升て」であれば「まして」と読むことになろう。なお、以下に翻刻引用した際は、「△」も「升」もそれぞれ「御座」「ます」（「まし」）に直した〔8〕。「ㄱ」に似たものは、

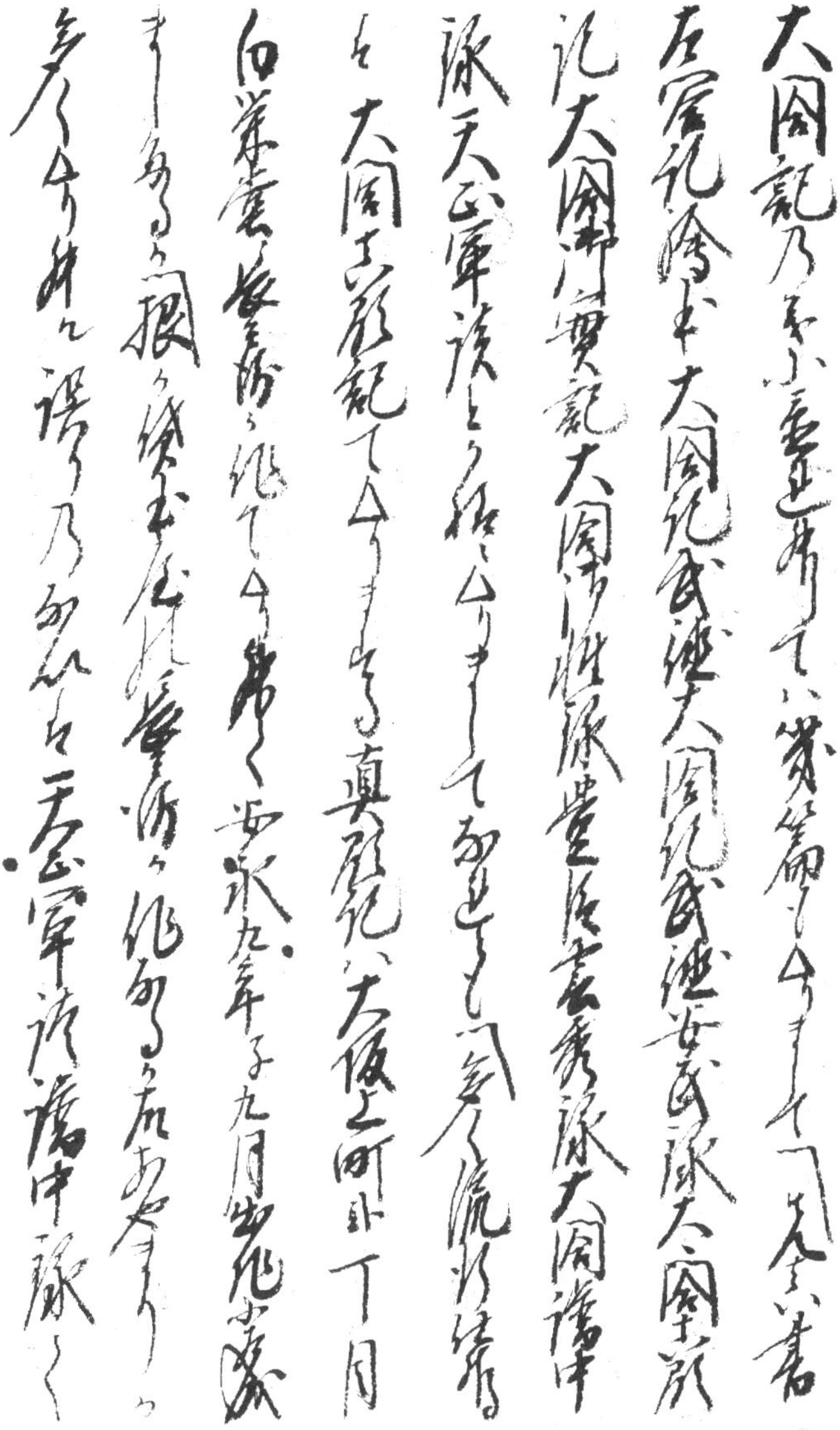

図１　講談調写本『太閤記』１丁表
１行目下の方、４、５、６行目中程、８行目上の方に△（御座）が見られる。

未だよくわかっていないのであるが、特にその箇所で改まり、次の箇所を強く読むための印ではないかと考えている。

この『太閤記』の冒頭を取り出して見てみよう（引用原本に振り仮名はない。以下同様）。

> 『太閤記』の義に置れましては、幾篇もござりまして、「先、『真書太閤記』、『絵本太閤記』、『武徳安民録』、『太閤真顕記《しんげんき》』、『太閤御実記』、『太閤御性《ごせい》録』、『豊臣雲秀録』、『太閤譜中録《ふちうろく》』、『天正軍談《てんしやうぐんだん》』とか様々ござりまして、なれども、「多く流行仕まするは『太閤真顕記』でござりまする。『真顕記』は大坂上町弐丁目、白栄堂長兵衛が作でござりまして、安永九年子九月出作に相成ましたるが、「根が貸本屋の長兵衛が作なるが故、あやまりが多くござりまする。誤りのないは『天正軍談』『譜中録』でござりまするが、『天正軍談』は元禄年中、「水戸公の御意に依て貝原篤信《かいばらとくしん》撰でござりまして、又『太閤譜中録』は八代将軍家の上意を蒙り荒井《（ママ）》白石先生、太閤の近臣・北川次郎兵衛が日記に留置れしを撰ましたるが故、あやまりがござりませんが、「扨、羽柴筑前守秀吉が天正八年中国十州の採題職を仰付られ、一方の総大将と相成、播州へ下向に及まして、「先手初の合戦に三木の城主別所小三郎長春を責討、…

落語でいう「マクラ」に相当する箇所から、本文に入ったところである。こういった講談調写本あるいは講談そのものによくあることだが、他の類似資料の名を挙げ、それについての簡単な説明を加えながら、自ら（当該本）の正当性、信憑《しんぴょう》性を喧伝しようとしている。最初の「「」は、類似資料の名を挙げていくその構えとしてのもの、二番目のものは、そういった類似作の例より特に採りあげたものの説明に入る前の構え、三番目のものは『太閤真顕記』の問題点を挙げようとする前の構え、四番目のものは「水戸公」を強調するためのもの、五番目のものはマクラが終了し本文に入る箇所、六番目のものは最初の合戦を印象付けるためのもの、と考えることができる。

この冒頭部は、その正当性、信憑性を訴えようとする性質を持っていることから、どうしても読者は文章として読むか、せいぜい語られるのを聞くように読むかのどちらかではないか。もちろん、意図的に読者が語るように読むことは不可能ではない。しかし、もとの語り手の意図のようなものが打ち出されているだけに、読者も受け身となりがちである。

黙読の中の「音読」

これに対し、次の場面ではどうか。以下に挙げたのは、この『太閤記』のクライマックスと言ってもよい箇所で、秀吉を狙い追いかける四王天政高《しおうてんまさたか》（明智光秀《あけちみつひで》の家来）と、そうはさせじと四王天を追う加藤清正《かとうきよまさ》の争いである。

…政高は鍔元《つばもと》迄血に染たる大太刀を以、切払ひ切払ひ、大音声に、「如何に筑前、聞玉《たま》い。敵に後を見せる法や有か。「返せ、戻せ」と呼り呼り、阿修羅王の荒たる形勢にて、追立まするから、流石《さすが》の秀吉も身の毛もよだつて逃行折柄《にげゆくをりから》、「加藤虎之助清正、此方に戦い居りしが、「今、四大王が懸たる一言に驚き振返り見れば、「四王天が君を追立奉るに、御供は片桐計《ばか》り成故、「「南無三宝、且元《かつもと》は四王天が相手にあらず」と、戦場を抜、虚空に追懸け、「但馬、己れ無礼也。清正成ぞ。返せ」と呼りまするに、政高は聞かぬふりをして大将を追懸まする故、「清正、大音に、「己、我を若輩をあなどりしか。汝がそも何者なるぞ。清正は大職冠《たいしよくくわんかまたり》鎌足公十一代、御堂の関白道長公の末葉、尾州犬山の城主、「加藤因幡守《いなばのかみ》清信の嫡孫《ちやくそん》也。相手に不足は有まじきぞ。返せ返せ」と呼りまするゆへ、政高、大に怒り、「邪魔なす己れより討取ん」と引返し、血に染たる太刀にて切て懸れば、此方は清正、「天九郎《てんくらう》俊長《としなが》が十文字の鑓を以、渡り合、上段下段と一応一来して、二十余合に及まするといへども勝負付ざる故、政高、太刀をからりと投捨、むんずと引組しが、清正は身の丈七尺五寸にして、三拾六人力、政高は六尺七寸にして三十五人力にござりまして、双方大力の清正、政高、二王《（ママ）》の角力を見るやうに、「ヤアヤア」と声を懸、互にふむ力足は大地をふん込計りにござりまする。助作は清正来りし故、「大丈夫」と軍扇を取て開き、「「東し、虎が嶽。西し、四王天」と、「「互に見合て、せくまいせくまい」と木村庄之助といふ気どりてござりまする。「イヤこんな事も申ますまいか。

緊迫した場面。秀吉を追う四王天の台詞も、また四王天を追う清正の台詞も、叫ぶかのように放たれていることを感じ取れるであろうか。ここでは、物語に没頭していればいるほど、登場人物のみならず場面への感情移入が行われ、読者は語っているのを聞くように読む、あるいは自らが語っているかのように読むのではないだろうか。

また、その緊迫した場面を壊すかのように、片桐且元（助作）が相撲の行司をするかのような冗談が描かれる。「イヤこんな事も申ますまいか」というのは、急に語り手が「今のは冗談、悪乗りし過ぎました」と言っているようなもので、ふざけた展開に自ら突っ込みを入れている形である。ここは語られているのを聞くかのように読む方が多いかもしれない。

この直後にもう一つ笑いを取ろうとする箇所がある。四王天と清正の組み合いは、青田の中で泥まみれとなって続けられるが（結局、最後はもちろん清正が勝つ）、ここで語り手がまた顔を出すかのように、

後に清正、肥後国を受領致し、入国致しまして、大坂へ参勤の折柄は、「上り下り共々、此田地主へ目《め》見得《みへ》仰付《あふせつけ》られ、「白銀三枚づつ下されました。る。爰《ここ》で田地主は、「聊《いささか》の青田をそんだし、年々白銀《はくぎん》三枚づつに成事ならば、「あの折、田の中の組打《くみうち》が百人も有ればよかつた」と存ましたが…

と、冗談を言うのである。語りの緩急《かんきゅう》の「緩」と言ったところであろうか。こういった笑いを取ろうとする箇所は、講談調写本にはしばしば見られるのである。

講談調写本『太閤記』は、一冊の短い話である。その中には、ストーリー性の強い、緊迫した場面もあり、また語り手が顔を出すかのように笑いを取ろうとする箇所もある。笑いを取ろうとする箇所では、語り手を意識しやすいので、語られているのを聞いているかのような読み方をされることが多いのであろうが、しかしこれとても積極的に自らが語るように読めないわけではない。いずれにせよ、冒頭部分は除き、語り手の声あるいは読者自らの声が読者の頭の中で響いているようなものであり、これは実際に声を出さずとも一種の「音読」のようなことになっているわけである。

講談調写本『［天正軍談］本能寺戦記《ほんのうじせんき》』を読む

藤沢蔵の講談調写本『［天正軍談］本能寺戦記』は、半紙本四巻四冊の長編である［8］。「慶応三年寅《とら》正月吉日」との書き込みがあり、それ以前の成立であることがわかる。また、「庄内　温海　斎藤」の貸本屋《かしほんや》の印記があり、貸本屋の商品であったこともわかっている。さらにこの本には「〔」の印もない。あきらかに「読む」ために作られた写本なのだ。内容は、織田信長と明智光秀の関係を、むしろ光秀側に多く視点を当てながら描き、本能寺において光秀勢が信長を討つところで終わる。森蘭丸《らんまる》もまた、光秀に対する登場人物として多く描かれている。

この書は、先述の『太閤記』の冒頭に、「誤りのないは『天正軍談』『譜中録』でござりまするが」とあった、その『天正軍談』と近い関係にあるものであろう。やはり冒頭には、当書の正当性、信憑性を主張する文章として、以下のような記述がある（以下、振り仮名は引用原本の中にあるものから一部省略して付した）。

扨只今世に流行《りうこう》仕まする『太閤真顕記《たいこうしんげんき》』と申もの、是は大坂白栄堂《はくゑいどう》長兵衛と申者の作《さく》に御座ります。『太閤正伝記』、『太閤実記』、『天正軍談』等数多《あまた》の書の中より、彼を拾い、是を取上け、終《つい》に三百六十巻に作り上けて、出作なしたるものに御座ります。其中には面白きを専《もつはら》とせし故、誤りも御座りまする。私只今申上まするは、元禄の大儒と仰がれし貝原篤信《かいはらとくしん》の撰《いら》ばれたる『天正軍談』にて申上まする。

やはり読者にとって一番馴染みのある「太閤記」ものと言えば『太閤真顕記』なのであろう。それを引き合いに出しながら、それには誤りがあり、当書には信用がおけるのだと喧伝する。
『[天正軍談]本能寺戦記』には人名列挙が多い。これは他の講談調通俗軍書に共通して言えそうであり、ただの通俗軍書に比べても多いようだ。例えば、冒頭に続く文章では信長の家臣たちが列挙される。その前後と併せて以下に挙げる。

扨爰に織田信長公には、わづか尾州二郡より起らせ玉ひ、永禄三年尾州鳴海表《なるみおもて》田栗よりひそかに出、今川義元を亡し、勢ひ盛んとなり、美濃国斎藤竜興《たつおき》を亡し、北畠を制して天正元年に至《いたつ》て将軍の官命《くわんめい》を玉わり、浅井朝倉を亡し、天正十年に至つて御治世十年、官位は二位右大臣まで御昇進遊ばされ、海内《かいだい》廿一ヶ国を領し、応仁元より乱れたる一天下、莚《むしろ》の如く巻納玉わんとみへし勢ひ、附随ふ諸侯《しよこう》御旗本八万騎、其方には越前国北の庄に於て七十五万石北国七州の藩鎮《はんちん》たる柴田修理之進勝家《かついえ》、上州前橋に於て四十二万石関東の官領滝川左近将監大友宿禰一益《かづます》、播州姫路に於て三十八万石中国の探題《たんだい》たる羽柴筑前守秀吉、丹波亀山江州坂本両城兼帯《けんたい》たる五十万石明智日向守惟任光秀《これとうみつひで》、美濃国大垣に於て廿七万石池田信濃守信輝《のぶてる》、加州小松に於て廿五万石丹羽五郎左衛門長秀《ながひで》、越前府中に於て廿二万石前田又左衛門菅原《すがはら》利家《としいへ》、越中富山の城主十八万石佐々陸奥守成政《なりまさ》、摂州茨木の城主十一万三千石中川瀬兵衛清秀《きよひで》、摂州高槻の城主五万五千石高山右近太夫長房《ながふさ》、其外稲葉山の城預り蒲生《がもう》右兵衛太夫堅秀《かたひで》、美濃国岩村城主森武蔵守長可《ながよし》、勢州星崎の城主岡田長門守、同松ヶ崎城主津川玄蕃充《けんばじやう》、同苅安城主浅井田宮丸、泉州岸和田城主中村式部少輔一氏、飛騨高山城主津田監物《けんもつ》、甲斐府中の城預り小笠原伊勢守、同矢倉沢城預り氏郷常陸入道、続て信州岩村城主遠山新九郎、美濃国郡上の城主遠藤但馬守、同樽井城主稲葉伊予守道友入道一鉄斎、続て越前丸岡の城主塩川伯耆守、同鯖江城蜂谷出羽守、同大野城主金丸五郎八長近、同勝山城主芝田三左衛門勝政《かつまさ》、同金ヶ崎城主徳山五兵衛勝宗《かつむね》、越中末森の城主不破彦惣元春（ママ）、越前東江の城主安井右近之進仁木家清《いへきよ》、武蔵国忍《おし》の城主織田下総守、上野国安中の城主安中右近、同三郎、下野宇津宮城主太田美濃入道山翟斎、同栃木城主皆川山城守、上州館林《たてばやし》城主長尾但馬守景忠、大和国郡山城主筒井伊賀守順慶《じゆんけい》を始として御旗本は八万騎、武将と成つては御旗本を八万騎と号しまする。只今江戸表将軍家御旗本八万騎と称する。是は凡天地陰陽《いんよう》の数《すう》、陽は一にして九ツに止る。地は陰にして八に止る。万物地より生じて地に止る。これによつて八の数《かづ》を用ゆる事、日本の定例《じやうれい》に有之まする。仰て神に於も八百万神、易に八卦《け》、陣に八陣、将軍家御蔵入何程有ても八百万石、公家の数は何軒有ても八百八公家、越後新潟は人参牛房《ごぼう》何程有ても八百屋と申。是八を用ひまするので御座ります。

信長の出世をテンポよく語ったかと思うと、家臣群の列挙、そして「八」の字についての考証、またその最後に八百屋という卑近な例を持ってくるところは、笑いを狙ったものであろう。人名列挙も一種の語りのテンポを生じさせるものであり、またそういった家臣団の氏名をすらすらと挙げることで、知識の豊かさ、そしてそれゆえに信憑性があることを訴えてもいるのだろう。

笑いを取ろうとする箇所があることは共通しているが、言葉遊び的な笑いも存在する。例えば、「当然の理」という言葉が出た際に、その「理」という言葉を説明するかのように、

理と申は何にも付け安（ママ）へ理屈で御座つて、思わず取れるがぼつくり、酒を入れるが徳利、燗《かん》をするもの

はちろり、道楽がふらり、横目がぢろり、十五で取るががつくり、馬鹿にさへめろり、と言理が付て御座りまするから、只眼前の理は善悪にも付安ひもので…。

といったように、「り」がつく語を並べ、笑いを取っているものもある。

その他、緊迫した場面は読者自らが「語り」やすいものとなっていることなどは『太閤記』同様である。長編であるゆえに、構成面には一段と気を配っているようで、全体的に結末の本能寺の変を意識して、その原因の探査・追究といった面を持っているようだ。その意味では、文章として「読む」ための書物という意識が強いが、しかしたくさんに分かれた章ごとに見れば、やはり語られるのを聞くように読んだり、あるいは読者自らが語るかのように読むというものになっているのである。

講談速記本と書き講談、そしてその他の書物

ここまで講談調写本（講談調通俗軍書）を二点見てきた。これらは、不特定多数の読者のための「読む」書物であり、講談師が語るためのテキストの中の講談丸本から移行したものであろう。不特定読者にとっての講談調写本は、その多くの部分に、「語られたものを聞くように読む」あるいは「読者自らが語るように読む」ことができる性質を持っていた。

それでは、活字本で発行された講談速記本や書き講談もそれは同様であろうか。講談速記本は、まずその前提が「速記本」であることが明示されている。読者にこれはあくまでも書物であるということが意識されてしまうのだ。しかし、これだけなら講談調写本において、その正当性や信憑性を謳《うた》った部分からの効果と

同じようなレベルだと言えよう。ただし、活字本という形態は、明らかに読者のために作られた商品としての書物という印象を強く与えているだろう。とは言え、本稿の最初に挙げた落語の文庫本と同じくらいのレベルで、読者の積極的な姿勢によって「語られたものを聞くように読む」こと、あるいは「読者自らが語るように読む」ことが可能になるのも、また確かである。書き講談の方は、さらに普通に読む書物という面が強い。書き講談は、「速記」と謳ってはいるが、実際の講談をもとに作成したものではなく、そして文中には「読者の皆様には…」といったような表現が頻出する。これは、講談速記本に比べてもさらに普通の読み物としての性格を強めてしまうことになるだろう。

「語り」と「読み」の交錯《こうさく》

落語家でテキストを見ながら語る者はいない。近世期に発行された咄本《はなしぼん》も、現代に発行されている落語の本も、やはり最初から商品としての書物として作られている。こうしてみると、講談調写本に一番近いのは、浄瑠璃本であるような気もする。ただし、これも現代的感覚かもしれないが、浄瑠璃丸本を前にしても「それを読者自らが語るように読む」のは、多少なりとも修行の要る、難しいことなのではないか。それに比べれば、プロの講談師の域に達するのは到底無理にしても、その真似をしてみて楽しむのは講談調写本の方がやりやすかったのではないだろうか。

本稿では、特に講談調写本を扱って、その読まれ方を考察していった。講談という芸能を前提として生まれた書物。それには、他者に聞かせる形ではない、実際に声を出さない「音読」という読み方、「語るように読む」という読み方が可能なのではないかという考えを提示してみた。いずれもまだ未熟な推論の域を出ない。しかし、こういった考えを進めていくことで、実は他のジャンルの文学の読まれ方もまた捉えなおすことができるのではないか。

注

［1］延広眞治氏は、『江戸への新視点』（高階秀爾・田中優子編、新書館、二〇〇六年）の中で「江戸時代の芸能と、名詞・動詞との結び付き」について、「ウタウ ― ウタ ― 長唄」「カタル ― カタリ ― 浄瑠璃（義太夫・清元・常磐津・新内など）」「ヨム ― ヨミ ― 講談」「ハナス ― ハナシ ― 落語」と整理され示している。これによれば、落語は「咄す（噺す）」、講談は「読む」でなければならず、また「語る」という語は浄瑠璃に使用すべきなのだが、本稿では普通の黙読を表す「読む」と対照させ、かつ音読または音読的読み方としての意味で「語る」を共通に使用した。

［2］『古典落語（下）』（興津要編、講談社《講談社文庫》、一九七二年）より。

［3］「音読から黙読へ――近代読者の成立」（『近代読者の成立』岩波書店《同時代ライブラリー》、一九九三年）。

［4］「音読と黙読ということ」（『岩波講座日本文学史』月報12、一九九六年十月）

［5］「翻刻　講談本『太閤記』」（『鯉城往来』第四号、二〇〇一年十二月）

［6］『実録研究――筋を通す文学――』（清文堂、二〇〇二年）

［7］三代目旭堂小南陵氏『明治期大阪の演芸速記本基礎研究』（たる出版、一九九四年）、同氏『続・明治期大阪の演芸速記本基礎研究』（たる出版、二〇〇〇年）

［8］二〇〇五年度尾道大学卒業論文において、大島美香氏はこの『［天正軍談］本能寺戦記』を翻刻し、解説を加えた。卒業論文題目は「『［天正軍談］本能寺戦記』の翻刻及び考察」。なお、その中で、本稿に述べた「り」尽くしの文章については、既に大島氏に指摘がある。

塩崎俊彦

異相の文明開化

●――擬洋風と散切物と新題目と

俳諧という文芸は、心ならずも文明開化と遭遇してしまい、「新題目」と称して、「公園」や「男女同権」といった開化の風俗が「俳諧の発句」に詠まれることになるのだが、これらはわび・さびの風雅の世界にふさわしいものではなかった。文芸の世界に限らず、異質なものとの出会いは、開化の風潮の中でそこここに起きていた。建築における〈擬洋風〉、歌舞伎の散切物などがこれにあたる。いずれも混乱期のあだ花のように解されることが多いが、じつはこれらを支えた荒唐無稽なエネルギーこそが、江戸的=近世的なものであったのではないだろうか。このことは、江戸的=近世的世界にのみ限ったことではなく、文化の混雑性について説明するためのキー概念ともなるはずである。

亥年のフロックコート／明治の歳旦摺物

年の後半ともなれば、俳諧師たちは歳旦摺物の調製に心あわただしい。歳旦句に加えて多色摺りの画を添えねばならないが、これにも一趣向案じなければならない。

月《つき》の本《もと》為《い》山《ざん》（一八〇四〜一八七八）による明治八年亥年のそれには、為山の発句「ふたこえに江をわたりけり初がらす」以下諸家の発句十句に加えて、画柄にはフロックコートを着込んだ亥が、ランプの明かりの下で書物に読みふける姿が選ばれた。赤いクロスに覆われたテーブルを前に、椅子に腰掛け、短躯の背を丸めるようにして、一心に目をこらしているのだが、よく見れば亥が手にしている書物には横文字が書かれてもいるようだ。落款に記された「鮮斎永濯《せんさいえいたく》」とは、幕末から明治初期にかけて活躍した狩野派の絵師小林永濯であるという［1］。

当摺物は二〇〇六年柿衞文庫春季特別展「雲英文庫に見る芭蕉・蕪村・一茶と新しい領域」に出陳されたものであるが、同展には明治四年刊の「宇長辛未秋興《うちようかのとひつじしゆうきよう》 鮮斎永濯画汽車

図1　明治8年亥年歳旦摺物（雲英末雄氏蔵）

図」も展示された。画者は先と同じく永濯、画柄は翌明治五年に新橋横浜間に開業するはずの蒸気機関車を当て込んだものであった。

為山、宇長ともどもいわゆる旧派の俳諧師である。その彼らの明治初年の摺物に開化の風俗が選ばれているのは、催主である為山や宇長らの趣向によるものか、あるいは画者である永濯の意匠であるのか判然としない。摺物に見える発句と画に直接的な関係は見出せないが、ここでは催主と画者の意向に相通じるものがあったという理解にとどめておく。いずれにしても、これらの摺物を受け取った側は、発句の享受とともに、画の趣向をも愉しんだことであろう。亥がフロックコートを着ているのも、未だ見ぬ蒸気機関車も、ともに好奇の対象であるのだが、案外に俳諧の摺物と開化の風俗という取り合わせには違和感がなかったのではないだろうか。むしろチグハグな取り合わせを喜んで受け入れていたとも思われる。

俳諧という文芸と文明開化の遭遇は、このように珍奇な事態を招来したともいえる。しかしながら、フロックコートの亥や摺物に描かれた蒸気機関車を、キッチュで軽薄なものと裁断してしまうのは、後代の勝手な思い込みに過ぎないのではないだろうか。本稿はこのような疑問から出発する。そして、明治二十年代までの建築や歌舞伎に起った近世日本と文明開化の出会いを参照しながら、いわゆる旧派の俳諧から子規の俳句革新へと向かう構図が、それらと相似形をなすものであったことを示す。さらにその上で、われわれが自明のものと思っている「俳句の伝統」について再検討しようとするものである。

「見よう見まね」の西洋／〈擬洋風〉という建築様式

慶応三年（一八六七）、勘定奉行小栗上総之介《おぐりこうづけのすけ》らは、外国人滞在者のための施設を築地海岸に建設するにあたって、地所を無償で貸し与えるかわりに、私費でこれを建設しようという者を募った。のちの清水建設の基となる清水組の二代目清水喜助《しみずきすけ》（一八一五～一八八一）はこれに応じて、明治元年、「築地ホテル」を完成させた。建設のための資金を集めるために、清水は資本金を一株百両で諸方に募り、その配当を支払うという方式を採用し、完成後は新政府の許しを得て、自らがその経営者におさまった[2]。

　ところで、この「築地ホテル」は、明治初期にさかんに造られた〈擬洋風〉という建築様式の一例として知られる。この〈擬洋風〉の様式的特長について、中谷礼仁「様式的自由と擬洋風建築」は次のように説明している[3]。

> 建築類型としては学校が特に多く、当時最新の公共建築に、開化的モチーフを採用したのである。それらは西洋建築のオリジナルに対して、構造が和小屋であったり、あるいは漆喰塗りの大壁仕上げにして、西洋建築の組石構造を表現するといった技術的特長を併せもっていた。また、前面にベランダを付加することが多かったのは、幕末からの居留地における外国人住居を経由した、コロニアル様式の影響であるといわれる。さらに正面の中心部に、上層にバルコニーをもつ車寄せや、塔屋を付設することも大きな様式的特徴である。いずれにせよ、その後の本格的な西洋建築様式に比較すること自体がお門違いな、粗削りで破天荒な様式を持つことが多い。

　清水喜助は、神田新石町に住む堂宮大工の棟梁である。西洋建築について何の知識も技術も持たないが、開港後の横浜で外国人について洋風建築の建設に従事したことがあった。その彼が在来の技術・工法と横浜で学んだ西洋の意匠を巧みに駆使しながら、なんとか「見よう見まねで洋風に見せる工夫をした」[4]のが「築地ホテル」であった。このように〈擬洋風〉建築は、江戸以来の職人の技によって、見せかけの洋風意匠をまとっていたといえる。

奇怪言語に絶する／〈擬洋風〉への評価 一

藤森照信『日本の近代建築』によれば、明治六年、工部大学校が設立され、明治十年にはイギリスからJ・コンドル（一八五二～一九二〇）が御雇外国人教師として招かれた。コンドルに教えを受けたのが、のちの工科大学教授で日本建築学会を設立した辰野金吾《たつのきんご》（一八五四～一九一九）ら第一世代の日本人建築家たちであった。日本における本格的な西洋建築の歴史は、このように建築アカデミズムの形成とともに始まるのだが、以後、辰野に師事した伊東忠太《いとうちゅうた》（一八六七～一九五四）らの第二世代を経て、後出の田邊淳吉《たなべじゅんきち》（一八七九～一九二六）らが第三世代を形成し、大正・昭和期の日本の西洋建築を牽引した[5]。

第一世代の辰野らは本格的に西洋建築の様式を学び、留学経験を通して西欧の何たるかを肌身に感じた最初の日本人建築家たちであった。辰野は「東京に於ける洋風建築の変遷」で、清水喜助と同様に、この時期の〈擬洋風〉建築に携わった大工棟梁の一人、林忠恕《はやしただひろ》（一八三五～一八九三）に言及して、

> 元が大工であるから、日本の破風作りなどは固より知って居る所から、彼我折衷して一のスタイルを創《はじ》めたのです。此建築は広く地方にも流行して、今だに之を賞美する人がある様です。

と述べている［6］。

辰野が、「今だに之を賞美する人がある様」だと言っているのは、〈擬洋風〉に注がれた当時の一般人士の懐古的な視線を意識してのものであろう。このような辰野の発言には、彼にとって自明の前提が見て取れる。アカデミズムの先駆者としての辰野にとって、元大工である林忠恕の「見よう見まね」の〈擬洋風〉スタイルは、西洋と日本がゴチャゴチャと共存する旧式のものであった。同時にそれは、辰野以後の世代の日本人建築家が共有する〈擬洋風〉に対する評価でもあったといえるであろう。辰野に師事した第二世代に属する伊東忠太が、〈擬洋風〉の建築について、「奇怪言語に絶する」と言い、「珍奇無比」と評しているのも、そのような当時の建築家たちの共通理解のあらわれであるといえる［7］。

図2　内務省

鵺的のもの／〈擬洋風〉への評価　二

黒《くろ》田《だ》鵬心《ほうしん》『東京百建築』（大正四年刊）は、「明治初年から大正四年に至る四十八年間約半世紀の日本の代表的な建築を集めた」［8］ものであるが、そのなかで唯一「擬洋式」という様式名を付されているのは、明治九年に竣工した内務省庁舎である。たしかに正面車寄せの上方にはバルコニーが設けられ、扉や窓枠などの上部の曲線も西洋風のもの

図３　白木屋呉服店

であるが、構造は木造漆喰塗である。同書の「東京百建築説明」には、「設計者、監督者、施工者」について「未詳」とするが、施工者は林忠恕であることが知られている［9］。

ところで、「東京百建築説明」は、内務省の建物について、

明治初年旧式日本建築家が洋風建築に擬して建築したる一好例なり。

との評を加えている。黒田鵬心（一八八五〜一九六七）は東京帝国大学文科大学で美学を修め、新聞紙上などで舌鋒鋭い建築批評を展開していた［10］。この内務省の建物については、別に「明治建築小史」において、次のように酷評している［11］。

江戸残留技術者によって建てられたものは、其の頭其の腕ともに純日本の旧式である所へ、西洋建築を少しも見ず、又固《もと》より之を解せずして、日本式を混合したのであるから、其の出来上ったものは、例へば内務省の如く、材料は木であるし、様式も和洋折衷と云へば体裁はいゝが、実は鵺《ぬえ》的のもので、建築としては未だ価値なきものである。

ここで黒田は「和洋折衷」の語を用いているが、『東京百建築』の「東京百建築説明」には「擬洋式」と「和洋折衷」という二つの様式が混在している。「擬洋式」の語が充てられているのは、先にも述べたように内務省の建物のみであるが、「和洋折衷」の語は、日本勧業銀行（明治三二年）、白木屋呉服店（明治四四年）、東京美術学校本館（大正二年）に対して用いられている。こうした使い分けは、おそらくそれぞれの建物の建築年代によるのであろう。もっとも様式の名称については、同書のなかで黒田自身が「様式については殊に注意せねばならぬと思ふが、正確に歴史的様式を採ったものでない以上、簡単に何式と云って了へない」とことわっている。

大正四年に刊行されたこの『東京百建築』には、元号が改まって新時代を迎えたという空気のなかで、明治という時代を振り返りつつ、東京に残された建物について総括するがごとき視点が感得される。同書には当時の建築界の重鎮や新鋭が文章を寄せているが、そのなかで、工学士田邊淳吉は明治初年の建築を回顧して次のように述べている［12］。

今日文部省や大蔵省の様な建物を見ると、日本風の建築とも西洋風の建物ともドッチつかずの合の子と見へて可笑《おかし》い。然し之等は明治八九年頃創立の当時は作者の大に新意を擬したハイカラ建築で有ったに相違ない。

田邊は明治三六年に東京帝国大学工科大学を卒業し、清水組に入ったばかりの気鋭の建築家であった。その点で、清水喜助や林忠恕といった、「見よう見まね」で西洋建築を吸収した江戸以来の堂宮大工と違い、西洋建築について正規の教育を受けた第三世代の青年である。その田邊の眼には、明治七年に完成した大蔵省や明治十四年の文部省などの建築物が、西洋とも日本とも「ドッチつかずの合の子」のごとき滑稽なものと映っていた。建築批評の草分け的存在であった黒田による内務省庁舎に対する言辞といい、将来の日本の建築を背負っていくはずの田邊の感想といい、新世代の旗手たちにとって、明治初期のいわゆる〈擬洋風〉建築は、旧式で混沌とした開化期の異相でしかなかったのである。

前掲辰野稿では、欧米の種々の建築様式が混在する明治二十年代の洋風建築の現状と、日本の洋風建築の将来について、次のように指摘している[13]。

今日の建築を見ると、英仏独伊、勝手次第に用いられて、実に錯雑した有様であります。然らば日本の建築は退歩したかと云ふに、決してソウではない進歩の跡が年々見えて居る。……今日の日本は則ち代り目であるから、幾種の建築風がゴチャ〳〵とあるので、是が段々と進化して一に帰する時は、則ち日本の建築風が成立する時であらうかと思います。……我国に就ても、段々と各国の型が這入つて来て、種々錯雑したものが自から進化する中には、立派なジャパニーズ・ナショナル・アーキテクチュアが出来るだらうと思ふ。

明治初年から明治二十年代にかけての日本の洋風建築は、開化の混沌から日本人建築家による「ジャパニーズ・ナショナル・アーキテクチュア」の樹立へ向かう途上の一里塚のようなものであった。幕末から仕事を続けてきた職人たちは「見よう見まね」で西洋を模し、それに対して批判的であった学士建築家たちは、西洋建築に学びながら、「ジャパニーズ・ナショナル・アーキテクチュア」という〈日本的〉なアイデンティティーを意識せざるを得なくなってゆく。

あんパンと錦絵の天使／〈擬洋風〉のエネルギー

ところで前掲中田稿では、〈擬洋風〉について、「その後の本格的な西洋建築様式に比較すること自体がお門違いな、粗削りで破天荒な様式を持つこと」が指摘されていた。各地に現存する〈擬洋風〉建築を精査したこんにちの建築史の成果は、これまでに見た明治・大正期の〈擬洋風〉に対する評価とは異なる価値を提示している。

初田亭《はつだとおる》『都市の明治―路上からの建築史』はその先駆的研究であるが、初田は〈擬洋風〉を、「パンという外来のものに、饅頭などに用いられていた、あんを入れてつくったあんパン」や開化期の衣服における和洋折衷になぞらえて、次のような見解を示している[14]。

いわば、一人一人の内側から生みだされたもの・外来文化を刺激として、内発的に創造された文化であるといえよう。これら和洋折衷のものが数多く生み出された背景には、在来の文化とは異質な西洋文化を受け入れる側に、本来の西洋文化のもつ意味に拘束されることなく、自由に新しい解釈を付け加えながら、自分に必要なもののみを受け入れ、吸収するというような、主体性ともいうべき行為が存在していたことを示している。

図4　東京日々新聞　861号

〈擬洋風〉建築をこのようにとらえる一例としてたびたび引き合いに出されるのが、長野県松本市に残る開智学校（明治九年）の額板である。「開智学校」と記されたこの額板の左右には天使が配されて両手でこれを支える意匠が施されているのだが、これは「東京日日新聞」に取材した錦絵新聞の題字からそっくりとられたものであるという［15］。

中田稿では、このような〈擬洋風〉の特徴的な意匠について、「開化のかたちは、まだいずこに行くとも知れない流動する当時の世界の中で、利用できそうなさまざまな様式的断片をつなぎあわせ、手探りで組み立てられはじめたのではなかったろうか」として、さらに次のように指摘する［16］。

　様式は忠実に典型を模倣するのみならず、さまざまな意匠様式を主体的に選択しこれまでになかったような雰囲気をつくり出すことが可能である。少なくとも優れた折衷主義建築を輩出した一九世紀ヨーロッパにおいては、そのような信念が存在していた。擬洋風の「擬」とは、実はこの様式そのものに内在する自由度を的確に表現していたのではないだろうか。

江戸以来の大工棟梁たちは、彼らが体得した在来の職人技に基づきながら、西洋人について「見よう見まね」で西洋建築の意匠を摂取しつづけた。その結果できあがったものは、日本とも西洋ともつかない、その意味でアイデンティティーのあいまいな「奇怪言語に絶する」、「鵺的」な建築物であった。たしかに、「近代日本の西洋建築」を創出しようとしていた学士建築家たちから見れば、そのような評価は妥当であるといえる。だが、近代日本の相貌がどこからともなく立ち上がってくる以前の混沌に眼をむければ、はじめて出会う西洋を、「見よう見まね」ながらも旺盛な好奇心で自らの内に摂り込もうとする姿勢こそが、江戸の職人たちを支えてきたエネルギーであったともいえる。時にあざとく時に野蛮でさえあるこのようなエネルギーこそが、江戸的＝近世的世界を形作る原動力であった。もしそれがあざとく野蛮なものに見えるとすれば、それは近代からの屈折した視線にすぎない。

〈擬洋風〉の建築は、開国から近代国家へと進む過渡期に現れたあだ花ではなかった。それは江戸的＝近世的エネルギーの発現であり、西洋でも日本でも摂り込めるものは何でも摂り込んでしまおうという貪欲な志向でもあった。しかし、開化日本が近代国家としての体裁を調えはじめる明治一〇年前後をさかいに、〈擬洋風〉建築の様式的特徴は後退し始めることとなる。

瓦斯燈と夜演劇／黙阿弥の散切物　一

河竹黙阿弥《かわたけもくあみ》（一八一六～一八九三）がこの世に生を享けた文化一三年という年が、江戸の体現者であった戯作者山東京伝《さんとうきょうでん》の没年であったということは、江戸的なエネルギーと開化の波の狭間で揺れ動く時代を生きた黙阿弥という狂言作者について考えるときに象徴的なことに思われてならない。

明治三年（一八七〇）の「魁写真鏡俳優画《さきがけてしやしんのやくしやえ》」を嚆矢として、黙阿弥は散切物《ざんぎりもの》と呼ばれる当世風の狂言を書くようになる。「当世風」とは、登場人物がすべて開化の男女に設定されていることをいう。この「魁写真鏡俳優画」はささやかな舞踊劇であったが、そもそも「写真」などという語が、歌舞伎の外題《げだい》に用いられること自体が、こんにちの眼から見れば奇妙なことに思われる。これ以後黙阿弥は、ロンドンを舞台とした「国姓《こくせん》爺姿写真《やすがたのうつしえ》」（明治五年）、西南戦争を取り上げた「西南雲晴朝東風《おきげのくもはらうあさごち》」（明治一一年）、イギリスの作家A・リットンの喜劇"Money"を翻案した「人間万事金世中《にんげんばんじかねのよのなか》」（明治一二年）、得意の白浪物を開化の世相の中に描いた「島鵆月白波《しまちどりつきのしらなみ》」（明治一四年）などの散切物を次々と世に送り出した。ほかにも、開化の風俗が狂言の外題に取り入れられたものとしては、明治五年発刊の東京日日新聞や、同年銀座に灯された瓦斯燈《がすとう》を当て込んだ、「東京日新聞《とうきょうにちにちしんぶん》」（明治六年）、「意中闇照瓦斯燈《こころのやみてらすがすとう》」（明治八年）などがある。

また、黙阿弥とは旧知の興行主、十二世守田勘弥が新富座を洋風の劇場とした際には、照明に瓦斯燈が煌々と用いられ、初めて夜間に歌舞伎興行が行われることとなった。これを受けて黙阿弥は、「舞台明治世夜劇《ぶたいあかるきじせいのよしばい》」（明治一一年）を書いている。

瓦斯燈によって夜間の歌舞伎興行が可能となったことは、芝居好きたちをおおいに喜ばせたにちがいない。明治一四年刊『開化俳諧集』（西谷富水編）には「夜演劇《よしばい》」が開化の新題として掲げられ、

所作事《しょさごと》や先十分《まずじゅうぶん》な灯《あか》り数《かず》　此山
瓦斯燈に夜も長閑也初芝居《のどかなりはつしばい》　完鷗
夜芝居の囉《うた》ひ陽気や隣町　松雄

の三句が挙げられている[17]。われわれの感覚からは理解しがたいことであるが、それまで昼間に限られていた芝居見物が夜になっても続けられるというのは、そのこと自体、小屋の売り物ともなったであろう。新富座開業式には、舞台にフロックコート姿の役者たちが勢ぞろいしたが、それに混じって一世一代の洋装に身を包んだ黙阿弥の姿もあったという[18]。歌舞伎と瓦斯燈の取り合わせもまた奇異なものである。機を見るに敏であった洋風趣味の興行主森田勘弥のあざとい仕掛けでもあったろうが、一方で、このような歌舞伎と西洋の出会いを好奇の眼でみつめる物見高い観客たちの存在があったことも忘れてはならない。

曲馬団と風船乗／黙阿弥の散切物　二

　世間の耳目を集めた出来事を取り上げた際物《きわもの》的出し物は、観客の好奇心をおおいにくすぐり、ある程度の興行収入を期待できるという意味で、興行主側にとっては魅力的なものであった。スキャンダラスな事件を少しでも早く伝えようとするのは、お初徳兵衛《はつとくべえ》の情死事件が近松門左衛門によってひと月とたたぬうちに舞台に載せられた『曽根崎心中《そねざきしんじゅう》』を例に挙げるまでもなく、江戸的＝近世的な作劇手法のひとつでもあった。黙阿弥の作品の中では、折から来日した曲馬団の団長イタリア人チャリネの名前に、芝居の「茶利場《ちゃりば》」を利かせた「鳴響茶利音曲馬《なりひびくちゃりねのきょくば》」（明治一九年）や、イギリス人スペンサーが上野公園で気球に乗ってみせたことを当て込んだ「風船乗評判高閣《ふうせんのりうわさのたかどの》」（明治二四年）などがこれにあたる。

　ここにも、曲馬や気球といった不可思議を自在に操る西洋人たちとの遭遇を、時を移さず歌舞伎の舞台に載せようとする荒唐無稽なエネルギーが見て取れる。こんにちのわれわれは、散切頭の日本人が歌舞伎の舞台に登場することにすら違和感を覚えるのに、イタリア人の曲馬団の団長や気球に乗ったスペンサーを五世

図5　風船乗評判高閣（新日本古典文学大系明治編4所収、岩波書店）

尾上《おのえ》菊《きく》五郎《ごろう》が歌舞伎の舞台で演じて見せるなどというのは、まさに「奇怪言語に絶する」光景であろう。

菊五郎は無類の新しいもの好きであったという。ある時期までは極端な西洋かぶれといわれた守田勘弥の存在も忘れてはならない。黙阿弥はこうした周囲の人々に促されて散切物を次々に世に出していったといえる。しかし翻ってみれば、そもそも歌舞伎という演劇の原初的な情念は「傾《かぶ》く」ことにあったのではないか。写真や瓦斯燈や新聞が歌舞伎の外題に取り上げられるのも、チャリネやスペンサーが舞台を闊歩するのも、黙阿弥や菊五郎にとっては、「見よう見まね」で文明開化を「傾く」ことにほかならなかった。洋風建築の劇場で、瓦斯燈の照明に照らし出された散切物を愉しんだ観客たちは、文字通り〈擬洋風〉の白日夢を見ていた。

一等国の演劇／天覧歌舞伎の明と暗

黙阿弥の散切物は、無節操に西洋を摂り入れた異相の歌舞伎のように見えて、じつはそれは、「傾く」という江戸的＝近世的情念によって産み出されたものであった。ならば歌舞伎という演劇は、開化の荒波にもまれながらも、そのエネルギーを充分に発揮し続けることができたはずである。しかしながら、こんにちわれわれが歌舞伎として知っている舞台から、江戸的＝近世的な荒唐無稽のエネルギーを感じることは少ない。

むしろ、散切物の上演に出会うことがあれば、珍奇な滑稽さを嘲笑したり、歌舞伎の伝統に反するものだと眉を顰めたりするのではないだろうか。こうしたことは、異相を異相として享け容れることのできない生真面目さに由来していると思われる。

このような生真面目さは、ここに取り上げている明治初年の歌舞伎界にもみられたものであった。倉田喜弘『芝居小屋と寄席の近代』には、当時の歌舞伎に対する批判的な言辞が紹介されている[19]。

芝居は堕落している。そう主張する福地桜痴は、「芝居見物の人種は先ず町人百姓ばかり」だから、作者が苦心する「詞賦の妙も之を感ずる人なく、結構の巧みなるも之を賞する人」がいないと、『東京日日新聞』の社説（明治八年五月二九日付）で指摘する。また狂言作者の桜木楓橋は、「作者ト称フル者、俳優ノ書記ニシテ」と鬱憤を吐き出し、観客は「常ニ役者ヲ見テ狂言ヲ顧ミ」ないと嘆く（七年四月二三日付『横浜毎日新聞』）。芝居が堕落しているとすれば、観客の質を高めなければならない。ところがその客は、作品よりも役者に眼を奪われている。作者の腕の見せ場がない、というわけだ。

福地桜痴《ふくちおうち》（一八四一〜一九〇六）は洋行の経験もある知欧派の論客で、東京日日新聞紙上で活躍していた。黙阿弥にA・リットンの"Money"を紹介し、「人間万事金世中」という散切物に翻案するよう慫慂したのも彼だといわれる。この当代歌舞伎に対する批判には、読者を啓蒙し歌舞伎を新時代にふさわしい姿に改良していかねばならないといった、福地の生真面目な意思が読み取られる。

さらに倉田稿は、明治一九年、総理大臣伊藤博文が団十郎と菊五郎を呼び寄せて、東京には外国人に誇るべき劇場のないことを嘆いて、それでは「「国ノ実益ヲ害スル」から、二人は「小闘争」ヲ止メ」仲良くして演劇の改良に努めて欲しいと頼む（七月一一日付『郵便報知新聞』）」ことがあったという、事実ともゴシップともつかない記事を紹介したあとに、次のような同種の記事を掲げる〔20〕。

伊藤は続いて末松兼澄（内務省参事官）と福地桜痴（東京日日新聞社長）を招き、上演する作品ついて意見を徴した。二人は、西洋の事蹟を翻案して「文明国に愧ざるの新狂言」を河竹黙阿弥に書かせ、明治二三年（一八九〇）に新築されるであろう大劇場で上演する。そのような計画を話し合ったとか（一九年七月二四日付『改良新聞』）。

右のような、総理大臣─官僚・言論人─役者・狂言作者のつながりからは、よく知られる演劇改良運動や、史実を尊重し荒唐無稽を排する活歴物《かつれきもの》の上演などの背景となった生真面目な政治的配慮が想起される。

開国以来吹き荒れた欧化の嵐にさらされながら、開化日本は、自らのアイデンティティーともいうべき文化の貧しさを意識し始める。いま芝居小屋で演じられているものといえば、史実の裏付けもなにもない出鱈目や、魑魅魍魎の跋扈する怪力乱神の類ばかりである。このような芝居を文明国の外国人に見せるのは、恥辱ではあっても名誉とはならない。近代国家日本にふわしい演目を、欧米に負けない劇場で上演することこそが、第一等国にふさわしい振舞いとなるだろう。それによって、近代国家のアイデンティティーは保証されるはずである。旧弊は排されなければならない。

こうした潮流の分岐点となるのが、明治二〇年四月二六日から四日間にわたって、外相井上馨邸で挙行された天覧歌舞伎の壮挙であったことはよく知られている。演じられたのは、三番叟、忠臣蔵、寺子屋など古典的ともいえる演目ばかり。井上邸に招かれることのなかった黙阿弥の作品からは『土蜘蛛《つちぐも》』が居並ぶ貴顕の前で上演された。出演者には団十郎、菊五郎ら名題の役者たちが並ぶ。

河原者と蔑まれた歌舞伎役者は叡覧に浴して開化の上流人士の仲間入りを果し、悪所として囲われた歌舞伎小屋は紳士淑女の出入りするにふさわしい劇場としての地位を獲得する。

だが、このような栄誉の代償として、歌舞伎は江戸以来のエネルギーを徐々に衰退させていくことになる。近代国家の伝統である歌舞伎は、シェークスピアやゲーテと並べられても見劣りのしない〈芸術〉でなければならない。したがって、開化の世相を芝居に仕立てた散切物などは、古典的世界と現実の入り混じった「ドッチつかずの合の子」として排されるべきである。〈伝統的〉というならば、古典的世界のなかで高尚優美に演じられるものこそが、歌舞伎にふさわしいといえるだろう。歌舞伎は、瓦斯燈が明るくその舞台のくまぐままでを照らし出したように、近代という光に照らされて、闇の部分としてあった、ほの暗い情念や翳りを失ってしまった。〈伝統的〉で〈古典的〉な世界の相貌のみがわたしたちの前にはある。

文明の風雅／新題目の様相

正岡子規は、明治二五年六月から雑誌『日本』に「獺祭書屋俳話《だつさいしょおくはいわ》」の連載を開始し、俳句革新の烽火をあげた。ここに「新題目」の一節を設け、明治維新後の世の変化につれて登場した開化の風俗を「新題目」「新観念」として和歌や俳句に詠むことについて次のように述べている［21］。

そは一応道理のある説なれども、和歌には新題目新言語は入る、を許さず。俳句は敢《あえ》て之《これ》を拒《こば》まずといへども亦之《またこれ》を好むものにあらず。こは固《もと》より当然の理にして、徒《いたづら》に天保老爺《てんぽうろうや》の頑固なる僻見《ひがみ》より出るものとのみ思ふべからず。大凡《おおよそ》天下の事物には天然にても人事にても雅と俗の区別あり。…　而して文明世界に現出する無数の人事又は文明の利器なる者に至りては、多くは俗の又俗、陋《ろう》の又陋なるものにして、文学者は終《つい》に之を以て如何《いかん》とも為《な》し能《あた》はざるなり。

子規は「新題目」「新観念」の例として、「蒸汽機関」や「選挙競争懲戒裁判」などを挙げ、これらの語を耳にすれば「頭脳に一種眩惑的の感を覚」えるばかりで、「道徳壊頽秩序紊乱等の感情の外、更に一の風雅なる趣味、高尚なる観念」を喚起することはありえないと続ける。

俳諧における「新題目」、「新観念」とは、先に見た『開化俳諧集』における「夜演劇」のような、開化の風俗を題として句を詠もうとする趣向がこれにあたる。『開化俳諧集』の編者西谷富水《にしたにふすい》（一八三〇～一八八五）は教林盟社に属する旧派の俳人で、同書の下巻には、一三九の新題に対して三九〇句を載せる[22]。そのうちから、子規が例に挙げたものと関連する新題目の句について掲げてみる。

蒸汽車

汽車早し千本《ちもと》にみゆる畑の梅　藍庭
汽車の笛なるや鶴見の橋見えて　柳陰
二の声は別《べつ》なり汽車の時鳥《ほととぎす》　閑水
菜の花に残るけぶりや車《くるま》二里《にり》　春湖

裁判

花は花柳はやなぎと極《きま》りけり　甚一
裁判の尽《つき》ぬも花の都哉　よし彦

汽車の速さを言うために梅林や菜の花畠を出してみたり、汽笛に時鳥の声を重ねる。あるいは、「見渡せば柳桜をこきまぜて都ぞ春の錦なりける」（古今集・五六）の和歌を意識しながら、桜と柳の優劣を「裁判」に託すなど、なんとか文明の利器や制度を風雅の世界に寄り添わせてみせようとする作者たちの努力がうかがえる。

図6　滑稽新聞　1908年7月20日号

天保老爺の僻見／新題目批判の位相

ところで、秋田の俳人庄司吟風《しょうじぎんぷう》の『花鳥日記《かちょうにっき》』、明治一三年五月十一日の条には、編者富水より送られてきたこの『開化俳諧集』の告評（チラシ）が貼り込まれている[23]。刊行に先立ち、開化にちなんだ連句、文章、発句の題を掲げて投句投稿を促していることの摺物には、

又俳諧にも開化になづみたる連句文章又は発句も見る事数々あれば、古池の埋木とならんことをゝしみ、こもまた開化の鏡にうつして風雅士の心をもよろこばしめ給はん事の願はまほしとて、…

と同書刊行の姿勢が示される。「開化になづみたる連句文章又は発句」を「開化の鏡にうつして」みようというのは、右に見た「蒸汽車」や「裁判」の題で詠まれた句として結実した。ただし、このような積極的な姿勢に対して、困惑の色を隠せぬ者たちもあった。同じく『花鳥日記』の同年八月二十八日の条には東京の無《ぶ》事庵鶯笠《じあんおうりゅう》（一八一九～一八九四）から吟風に届いた書簡が記録されるが、そこには、このような事態についての鶯笠の感想がしたためられている［24］。

只々作中に人力車とか墁（「幌」カ）とかを読込迄《よみこむまで》之事《のこと》にて、俳諧は夫《それ》らの品が一ヶ所あれば、則、開化とか申事《もうすこと》之由《のよし》に承申候。面白からぬ尋常之俳諧さへ六ヶ敷処《むつかしきところ》、求めたる好事、困りものに御座候。

ただでさえこのごろの俳諧には行き詰まりを覚えているのに、新進気鋭の宗匠である富水らは、積極的に開化の様相を俳諧に取り入れようとする。このような新題の句を乞われるというのは、はなはだ困りものであるというのである。鶯笠は旧幕以来の俳諧師であり、ここでの発言は文字通り「天保老爺の頑固なる僻見」にあたる。「天保老爺」の世代から見れば、『開化俳諧集』の試みは、鬼面人を驚かせるような危うさがあった。もちろん富水ら開化の宗匠たちの自慢とするところも、同じくこの斬新奇抜にあったといえる。

ところが、先に見た子規の「新題目」に対する見解は、自ら「天保老爺の頑固なる僻見より出るものと思ふべからず」と断りながらも、結果的には鶯笠ら天保以来の俳諧師と同様に、開化の新題目を批判することになっている点に注目したい。子規は具体的に『開化俳諧集』を念頭に置いているのではないが、およそこのような「新題目」の句は、「道徳壊頽秩序紊乱」のもとであり、一片の風雅もそこには見出せないとしている。子規の俳句革新にとっても、これら開化の風俗は、けっして歓迎されるべきものではなかった。

〈伝統〉の創造／〈写生〉されるべきもの

開化期の混沌のなかで近世日本と西洋が出会うことについて、単純にそれらを珍奇で滑稽なものと評価してしまうことはできない。にもかかわらず、われわれは、「新題目」の句に対して、奇矯な開化の異相を見てはいないだろうか。ただし、このような評価は、子規の俳句革新を知っており、それに連なる近代俳句の風趣を知っているわれわれの視線から発するものである。

旧派の新進宗匠たちが、開化の世相を俳諧に取り入れようとしたのは、江戸的＝近世的エネルギーのしからしむるところであった。彼らは何も新しいことを発明したのではなく、近世期を通じて、俳諧が常に時代の新しさを獲得するために発揮してきたエネルギーによったに過ぎない。これに対して、子規の俳句革新の要諦は〈写生〉の提唱にあった。子規にとって、〈写生〉されるべきものとは、新しいはずの開化の風俗などではなかった。それでは、その〈写生〉によって、子規はどのような世界を写し取ろうとしたのか。

西欧の文学理論を学びそれによりながらも、子規は西欧からの新事物や新観念を俳句に写し取ることをしてはいない。むしろ子規の俳句から読み取られるのは、彼が膨大な古俳諧を渉猟しながら得た、〈日本的〉風雅の世界であった。もちろんそこには明治の息遣いがたしかに感じ取られるのだが、それにしても、子規の描き出したものは〈日本的〉枠組みの埒から逸脱することがない［25］。

このことは、正規の西洋建築を学んだ学士建築家たちが、「ジャパニーズ・ナショナル・アーキテクチュア」をめざしたことや、歌舞伎が天覧に供されて以後、次第に古典的世界をその中心的な内容としていくことよく似ている。明治の日本人建築家にとって、西洋建築を学べば学ぶほど、〈日本的〉なものがその視野に浮上してくるのは当然の帰結であった。歌舞伎が西洋を意識して、上流人士が観るにふさわしい〈日本的〉な芸術への道を歩み始めたことも事実であった。

学士建築家や福地桜痴のような知識人が〈日本的〉なものを模索したように、子規は古俳諧を〈古典〉へと変容させ、そこから学ぶべき事柄を、俳句革新の中で展開させていった。旧派の俳諧師たちにこれは不可能であった。彼らにとっての俳諧は、清水喜助や林忠恕らの職人技や黙阿弥の作劇術のように、〈芸術〉として特権化されることのない営みに他ならなかったからである。

このように〈写生〉されるべきものとして、子規は〈日本的〉な景物風景を選び取ることになる。一見それは、江戸時代から地続きのもののようでありながら、じつは、西洋を意識することによってはじめて出遭った〈日本的〉なものに他ならなかった。そこにはもはや開化期の陳腐さや荒唐無稽を感じ取ることはできない。子規による「俳句の誕生」は、あたかも「ジャパニーズ・ナショナル・ポエト」誕生の様相を呈することとなる。それは、日本が近代国家としての体裁を整えていく過程で創造された、〈伝統〉という「集団的記憶」であったといえる。

注

［1］雲英末雄「小林永濯の俳諧一枚摺」（新日本古典文学大系　明治編　第四巻　月報、岩波書店、二〇〇三年）。松浦あき子「小林永濯の人と作品」（ＭＵＳＥＵＭ　第五三四号、東京国立博物館、一九九五年）。『雲英文庫にみる芭蕉・蕪村・一茶と新領域』（二〇〇六年度柿衞文庫春季特別展　図録）。

［2］初田亨『都市の明治―路上からの建築史』（筑摩書房、一九八一年、後にちくま学芸文庫に『東京　都市の明治』（一

九九四年）と改題されて所収。引用はちくま学芸文庫に拠った）。桑中真人・田中彰編『平野弥十郎幕末・維新日記』（北海道大学出版会、二〇〇〇年）。

［3］中谷礼仁「様式的自由と擬洋風建築」（鈴木博之・石山修武・伊藤毅・山岸常人編『シリーズ　都市・建築・歴史8　近代化の波及』東京大学出版会、二〇〇六年）九九頁。

［4］注［3］一〇〇頁。

［5］藤森照信『日本の近代建築』（岩波新書、一九九三年）。

［6］辰野金吾「東京に於ける洋風建築の変遷」（『建築雑誌』第二二九号）一七頁。

［7］伊東忠太「明治以降の建築史」（『伊東忠太著作集1　日本建築の研究　上』（原書房、一九八二年、三二六〜三七二頁）。

［8］曾禰達蔵「東京百建築に就いての感想」（黒田鵬信『東京百建築』建築画報社、一九一五年）一頁。

［9］清水重敦編『日本の美術　四四六　擬洋風建築』（至文堂、二〇〇三年六月）。

［10］藤岡洋保・黒岩卓「近代日本最初の「建築評論家」黒田鵬心の建築観」（『日本建築学会計画系論文報告集』第四〇九号、一九九〇年）。

［11］黒田鵬心「明治建築小史」（黒田鵬信『建築雑話』趣味叢書発行所、一九一四年）。

［12］田邊淳吉「途中の建築」（注［5］一四頁）。

［13］注［11］二〇頁。

［14］注［2］一一三頁。

［15］注［5］一一三頁など。

［16］注［2］一〇二頁。

［17］久保田啓一・櫻井武次郎・越後敬子・倉田喜弘校注『和歌　俳句　歌謡音曲集』（新日本古典文学大系明治編4　岩波書店、二〇〇三年）。

［18］錦絵「新富座劇場開場式之図」。

［19］倉田喜弘『芝居小屋と寄席の近代』（岩波書店、二〇〇六年）四二頁。

［20］注［19］一一三頁。

［21］『子規全集』第四巻（講談社、一九七五年）一六六頁。

［22］越後敬子「『開化俳諧集』―教林盟社と改暦」（注［17］解題）。越後敬子「『俳諧開化集』翻刻と解題」（実践女子大学『実践国文学』第五二号、一九九七年一〇月）。

［23］加藤定彦「明治俳壇消息抄―庄司吟風『花鳥日記』（十）」（立教大学『日本文学』第八八号、二〇〇二年七月、七四～七五頁）。

［24］注［23］二六頁。

［25］旧派から子規の俳句革新に至る経緯に関しては、秋尾敏『子規の近代―滑稽・メディア・日本語―』（新曜社、一九九九年）に、「俳諧明倫講社から書生俳句へ」の一章が立てられ詳述されている。また、俳句に比べて、子規の短歌には、『竹之里歌』に蒸汽車や電車などの新事物が詠まれたものが散見される。

翌日神戸に上り三の宮より汽車にのりて大坂へ趣かんとするにその早きにめで、よめる
おしあけて窓の外面をながむれば空とぶ鳥もあとずさりせり（明治一八年）

市街鉄道問答
馬のひくそれにもあらずエレキトルのそれにもあらず車やれこそ（明治三一年）

おわりに、あるいは、まだ続く〈冒険〉のために

本書で行われた試みは、〈冒険〉の名にふさわしく、いずれも新しい角度から江戸文学に光を当て、江戸文学の本質に迫り、新たな魅力を発見しようという野心的なものである。以下それぞれの論文の議論と射程を整理したうえで、その先に横たわる未開拓の沃野について展望することで、本書のむすびとしておきたい。

Ⅰ大輪靖宏「江戸時代の文芸の新しさ……芭蕉・西鶴・近松を例に」は、近代から見れば所与の素材と技法が、江戸時代に生み出された意味をもっと積極的に評価すべきだ、という俯瞰的な視点からのもの。近世という歴史区分は、日本史にのみ設定されることが多い。その江戸を近代以前と見るか、近代を準備した時代と見るかは、江戸を議論する際、必ずついてまわる問題である。近年広がりを見せる、江戸を近代以前とみなす傾向に対して、あえて中世以前との比較から近世の近代性を強調する点に筆者の戦略がある。後続の諸論には、近世に前近代性を見る議論もあるが、それは江戸を抹殺した近代ではない。江戸が近代に残したものをいずれも提示している点に注意されたい。

Ⅱ染谷智幸「西鶴の越境力……絵とテクストを越えるもの」は、西鶴が自らの作品に筆を揮った挿絵の活力を、まず提示する。筆者自身のデータベース化により、挿絵の細部まで検索・比較が可能となった、方法の飛躍的前進から生み出された分析である。西鶴の絵は生きて動いており、切り取られ提示された世界は、様

式を越えて人間を活写する。しかも、出来上がったテクストは、本文と挿絵を巧みに編集したものになっていたとすれば、これこそ真に新しい文学といえる。こうした視点からの西鶴作品への再検討も当然ながら、西鶴の囚われない強靭な精神とバランスのとれた編集感覚が、近世の他の文学に見られたのかどうかも、重大な問題である。ある芥川賞の選考委員が、「小説」にしかできないことをやっているかどうかを、審査基準として挙げていたが、西鶴が生きていたら、鼻で笑ったのではなかろうか。

Ⅲ峯尾文世「〈取合せ〉の可能性……実作のための芭蕉論」は、芭蕉が試み、追究した、俳句の本質的な技法「取合せ」が、現代俳句にインパクトを与えるとすれば、それは何かという関心から論じられている。伝統的な俳句では、テーマ化した季語の「本意」を土台としながら、「取合せ」という言葉の「実験」により、豊饒な詩的「発見」を収めてきた。言葉にまつわる固定化したイメージを取り払い、詩的「実験」を行う意味では、現代俳句も芭蕉とやっていることは変わりない。芭蕉が残した詩的「実験」の成果は、「俳句らしさ」などよりも、「新しみ」の「花」を得る武器としての「取合せ」の方に、遥かに強靭に生き続けているのである。Ⅰで指摘された「江戸が近代に残したもの」が、ここでは具体的かつ鮮やかに摑み出されている。芭蕉が試みた詩的「実験」の意味と、俳句という文芸形態があるかぎりついてまわる技法の意義を、研究者はもちろん、現代俳句の作り手たちにも問い直して欲しい。

Ⅳ神作研一「元禄上方地下の歌学……金勝慶安の場合」は、マルチに活躍する元禄の一文化人を追跡し、地方の和歌初心者への指導の実態をも報告する。第一文芸である和歌を本分としながらも、地下の歌人は貴族と異なり、ジャンルを越えた自由な活躍が許される。弟子や交友も多彩で、赤穂義士の一人まで顔を出す。芭蕉や近松のようなこの道一筋ではなく、こうした雑多な活動こそ、江戸の文化人に平均的に見られるものである。その上で、和歌指導の現場では、平明な調べを重視し、古歌をふまえつつ新たな趣向や風情を工夫させる姿勢に注意したい。和歌をめぐるスノビズムの社会的効用は樋口一葉あたりまで続く問題である。文学における「品格」の通俗的伝播をスノビズムの一言で片付けるのは容易いが、それは古典の大衆への普及の際、必ずついてまわるもので、これも文学の力の一つであることを認めることが肝要である。むしろ、「品格」の主領域を持ってこそ、他領域への越境を可能とする活力・自由が得られたと考えるべきではなかろうか。

V纓片真王「能をみる俳人……季詞「薪能」の成立と変遷」は、奈良の春の風物詩「薪能」を詠んだ俳諧のデータベースとなっている。和歌ならば決して季題とならない芸能が、俳諧では季詞として登録される。それは興福寺の「行事」の一つであるからこそ、季の詞になりえたのだろう。また、能そのものよりも、野外で篝火を焚いて行われる点が春の季題には適していた。問題は、季語として詠み方のパターンが確立してから、薪能という芸能そのものに目が向いてくる傾向が出てくる点である。舞台の雨天中止や役者の稽古といった演劇的場面を設定する其角こそ風物詩ではなく、芸能を詠んでいる。その遺風を次ぐ蕪村に近い人々が同じ傾向を詠むのは当然か。題材を再現することから、題材の持つ動きを演じてみせることへの転換は、俳風の変遷にとどまらない、本質的な変化ではなかろうか。芸能の側面を持っていた俳諧が、芸能そのものを詠めるようになったことの意味は、様式の形成と成熟の意味を考えさせる。

Ⅵ井上泰至「恋愛の演技……『春色梅児誉美』を読む」は、心理学の恋愛過程に関する知見や社会学の演技論を使いながら、江戸の恋愛小説人情本が、それまでの恋愛小説洒落本の反転として始発したという、新たなジャンル論を展開している。方法の上でも隣接分野の成果を取り入れた実験的な試みだが、この議論の先にあるのは単なる文学ジャンル生成の問題にとどまらない。人情本と密接不可分な「いき」の美学に誰もが感じる「クール」な気分は、この論文が提示する演技重視の恋愛観から分析可能である。また、江戸文学全体を特徴づける「芸能性」と近代との相違を議論するうえでも、論文中の「演技」や「儀礼」の視点が有効であることが予想される。「身体」性への着目そのものは、今に始まったことではないが、「いき」の持つ達観や、実践としての「演技」は、「内面」「個人」「愛」といった近代の意匠を相対化して今日的である。

Ⅶ森澤多美子「素描・滝の本連水……芭蕉を愛した明治俳人」は、天保生まれ、すなわち十九世紀後半という、大変革期を生きた一地方俳人の活動を紹介する。俳諧に携わる者は、プロの「業俳」とアマの「遊俳」に分けられるが、連水は典型的な上流の「遊俳」である。彼にとって俳諧はあくまで趣味であり、勢力拡張に憂き身をやつす必要はない。また、同じ地方の有力者でも、Ⅳの和歌の例のような文化の消費者としてのスノビズムの色も薄い。むしろ、新聞というニューメディアを使いながら、芭蕉ゆかりの品々の情報交換をし、晩年芭蕉の崇拝にのめりこむ姿勢には、文化の保持に携わる、ある種の「気概」が感じ取れる。それはキリスト教の蔓延を防ぐ目的で政府により設けられた教導職に、俳諧の方面から協力したことからも窺える。連水は、俳諧における正統な「保守」であった。変革期にこそ「保守」の意味は大きい。その実態を問うことは、江戸俳諧が行き着いた地平と、その後にやってくる子規ら「革新」の意味を考える上で格好の材料なのである。

Ⅷ藤沢毅「語るように読む……講談本を「読む」」は、話芸である講談を書物化した場合に起こる、「語り」と「読み」の交錯を論ずる。「語り」は「読み」の中に組み込まれて生き残る。その読み物化も、写本か活字本かで、読書行為のレベルは異なるし、同じ活字本でも、速記本と書き講談とではまた異なる。写本は講談を私物化する行為だが、活字本は商品の色が濃い。速記本に比べ書き講談は、読み物化がより進む。その意味で、本論文は、「声」の文化が「文字」の文化に転化・吸収されていく過程を見事に活写したメディア論である。さらに、この論文で取り上げたジャンルからは、「声」の文化が「文字」の文化と対等かそれ以上の生命力を有して渾然としている点こそ、近世的読書行為の典型ではないのかという予想も生まれる。近世の読書は、ただ「声に出して読」めば、事足りるといった皮相的なものではなく、〈声〉の多様さを包み込んでいたものなのではなかろうか。また、Ⅵで、内容面から指摘された、江戸小説の身体性・芸能性を、読書行為の観点から切り込んだ論と読むことも可能である。

Ⅸ塩崎俊彦「異相の文明開化……擬洋風と散切物と新題句と」は、新奇な欧化の文物を、旧来の江戸の器に取り込んだ、擬洋風建築・歌舞伎の散切物・新題の俳句をパラレルに論じて、従来はグロテスクな開化期の仇花として評価が低かったこれらを、むしろ文化的な活力みなぎるものとして積極的に評価する。我々は「江戸」と「近代」の意匠や趣味を自明のものとして受け取っているが、注目すべきなのは、出来上がった意匠や趣味だけではなく、新しさを生み出す活力ある精神と器が、江戸文芸に根本から備わっていた点にあると言ってよい。そして、これら活力あるものを衰退させた人々が、建築・演劇・俳諧のいずれの分野においても「学士」、すなわち大学教育を受けた新階級・新世代であったことも注意を要する。江戸文学の古典化と学問領域化は、時代・人・場所において、子規や逍遙に連なる「学士」たちによって始まったものだからである。江戸文学の活力を学問と実作の観点から問いなおす、本書を締めくくるにふさわしい論である。

各章の関連については、それぞれに対するコメントに書いておいたが、それはほんの一部に過ぎない。読者は、個々の〈冒険〉の連関から、さらに江戸文学の魅力と、ホットな、しかし本質的な問題点を見出すことが可能なはずである。そこから新たな読者、さらなる着実な成果、そして思いもかけない〈冒険〉が生み出されるなら、これに過ぎる光栄はない。

なお、本書は、上智大学教授、大輪靖宏先生の研究室に共に学んだ者たちが一堂に会し、各人各様の関心から本書のテーマにアプローチしたものである。企画そのものは以前からあったが、先生が上智大学を退休されるのを前に、ジャンルの越境・交錯をメインテーマとして、書を世に問おうという機運が高まり、ここに結実したものである。企画の発案・編集および原稿依頼等については、塩崎俊彦・染谷智幸・井上泰至があたった。出版をご快諾頂いた翰林書房の今井肇・静江ご夫妻、本書の思い切ったコンセプトにご共感頂き、テーマにふさわしいイメージを呈示してくださった装幀家の林佳恵さんに心より御礼申し上げる。

二〇〇七年三月　　井上泰至

執筆者紹介

〔編者〕

大輪靖宏（おおわ　やすひろ）　一九三六年生。上智大学教授。文学博士。『上田秋成文学の研究』（笠間書院、一九七六）、『芭蕉俳句の試み』（南窓社、一九九五）、『俳句の基本とその応用』（角川書店、二〇〇七）

〔執筆者〕

染谷智幸（そめや　ともゆき）　一九五七年生。茨城キリスト教大学教授。『西鶴小説論―対照的構造と〈東アジア〉への視界』（翰林書房、二〇〇五）、『新編西鶴全集』（第二巻、勉誠出版、二〇〇二）、『西鶴が語る江戸のラブストーリー』（共編、ぺりかん社、二〇〇六）

峯尾文世（みねお　ふみよ）　一九六四年生。俳人。俳誌「銀化」同人。句集『微香性―HONOKA』（富士見書房、二〇〇二年）

神作研一（かんさく　けんいち）　一九六五年生。金城学院大学教授。『歌論歌学集成』第一四巻（共編、三弥井書店、二〇〇五）、「歌人としての松平定信―『賢歌愚評』をめぐって―」（「文学　隔月刊」七巻一号、二〇〇六・一）

纓片真王（おがた　まお）　一九六一年生。本名、喜多真王。東京農工大学非常勤講師。喜多流刊行会社長。「町役者速水伝左衛門―俳諧師几圭の前身」（「連歌俳諧研究」一〇二号、二〇〇二・二）、「蕪村「口切や」の句の背景」（「シオン短期大学研究紀要」三八号、一九九八・一二）

井上泰至（いのうえ　やすし）　一九六一年生。防衛大学校助教授。『雨月物語論―源泉と主題』（笠間書院、一九九九）、「読み物としての近世軍書」（「国語と国文学」八一巻四号、二〇〇四・四）、「女が小説を読むということ――『春色梅児誉美』論」（「学苑」七八五号、二〇〇六・三）

森澤多美子（もりさわ　たみこ）　一九六七生。本名、芳賀多美子。静岡県富士見高等学校常勤講師。「淡々と地方俳壇――紀州の場合」（「国語国文」六五巻二号、一九九六・二）

藤沢　毅（ふじさわ　たけし）　一九六三年生。尾道大学助教授。『新局玉石童子訓』［上・下］（共編、国書刊行会、二〇〇一）、「『月都大内鏡』の出版」（「国語国文」六六巻一〇号、一九九七・一〇）

塩崎俊彦（しおざき　としひこ）　一九五六年生。神戸山手大学教授。『西山宗因全集』第三巻（共編、八木書店、二〇〇五）、「貞室自筆『貞徳終焉記』について」（「連歌俳諧研究」九八号、二〇〇一・三）、「『人間万事金世中』という違和感」（「神戸山手大学人文学部紀要」七号、二〇〇五・一二）

江戸文学の冒険

Explorations into Edo Literature

発行日	2007年3月30日　初版第一刷
編　者	大輪靖宏
発行人	今井　肇
発行所	翰林書房
	〒101-0051　東京都千代田区神田神保町1-14
	電 話　03-3294-0588
	FAX　03-3294-0278
	http://www.kanrin.co.jp/
	Eメール●kanrin@mb.infoweb.ne.jp
印刷・製本	アジプロ

落丁・乱丁本はお取替えいたします

ISBN978-4-87737-247-7

飯倉洋一

秋成考

●思想と表現を緻密に探究した秋成論の誕生！　秋成の言説世界から「自然」「憤り」などの文学思想を剔出、〈和文〉と〈物語〉の表現理論を解明して、『春雨物語』論の新たな可能性を拓く20篇の論考

Ａ５判・三九六頁・八四〇〇円

染谷智幸

西鶴小説論 対照的構造と〈東アジア〉への視界

●まったく新しい視点から、西鶴とその小説を論じる。武士と商人、男色と女色の共犯が生み出すダイナミズムは、遥か、東アジアの海洋域を淵源とする。西鶴は、そうした海洋域文化の申し子であった

Ａ５判・五八八頁・一〇二九〇円

久保田啓一

近世冷泉派歌壇の研究

●冷泉派歌壇を対象として冷泉家歴代の事績、江戸冷泉門の活動の実態、冷泉派の歌論・歌学や表現意識の内実、地方歌壇との関係といった観点から総合的に分析する

Ａ５判・三九八頁・九二四〇円